O que não existe mais

Krishna Monteiro

O que não existe mais

TORDSILHAS

Copyright © 2013 Krishna Monteiro
Copyright desta edição © 2015 Tordesilhas

Todos os direitos reservados. Nenhuma parte desta edição pode
ser utilizada ou reproduzida – em qualquer meio ou forma, seja
mecânico ou eletrônico –, nem apropriada ou estocada em sistema
de banco de dados, sem a expressa autorização da editora.

*O texto deste livro foi fixado conforme o acordo ortográfico vigente no Brasil
desde 1º de janeiro de 2009.*

REVISÃO Márcia Moura
CAPA Andrea Vilela de Almeida
IMAGEM DE CAPA lynea/Shutterstock.com

1ª edição, 2015

Dados Internacionais de Catalogação na Publicação (CIP)
(Câmara Brasileira do Livro, SP, Brasil)

Monteiro, Krishna
    O que não existe mais / Krishna Monteiro. – São Paulo : Tordesilhas, 2015.

    ISBN 978-85-8419-027-0

    1. Contos brasileiros I. Título.

14-11263   CDD-869.93

Índice para catálogo sistemático:
1. Contos : Literatura brasileira 869.93

2015
Tordesilhas é um selo da Alaúde Editorial Ltda.
Rua Hildebrando Thomaz de Carvalho, 60
04012-120 – São Paulo – SP
www.tordesilhaslivros.com.br

Sumário

O que é que não existe mais?   7

O que não existe mais   15
As encruzilhadas do doutor Rosa   23
Quando dormires, cantarei   35
Um âmbito cerrado como um sonho   49
Monte Castelo   59
O sudário   91
Alma em corpo atravessada   95

Agradecimentos   109

O que é que não existe mais?

Sem dúvida, o tempo que passou, as pessoas que se foram, as coisas que perdemos, o passado. Mas muito mais do que pensamos não existe mais. O momento presente, esse tampouco existe. O que se diz, aquilo que se escreve, a pessoa que o faz e mesmo a que lê. O que acabou de ser lido e, principalmente, o silêncio que lá havia. O que está nas entrelinhas não existe, e por isso mesmo é aquilo que mais existe. O que não existe mais, quase sempre, é o que subsiste; aquilo cuja não existência se torna praticamente insuportável para quem vive do que existe. O que não existe mais existe até demais.

Os contos que você está prestes a conhecer dizem muito sobre essas não existências. Mas discutem também uma linguagem – e *em* uma linguagem – que insiste em marcar a força do invisível com palavras e construções que partem de faltas. O crítico francês Maurice Blanchot fala de uma escrita que "deve partir e chegar numa falta". Em *O que não existe mais*, não há como escapar da falta que gerou cada história e da que, inevitavelmente, se abrirá em cada leitor.

No conto que dá nome ao livro, dirigido a um "tu" imaginário – o pai –, o narrador empreende uma espécie de jogo de esconde-esconde: "onde estarias tu?"; "tu partias escada acima"; "em qual das múltiplas portas do corredor estarias tu?". Esse jogo acontece em sua infância, mas também no resto da vida e na própria obra. Algo está sempre se ocultando, se perdendo, deixando de existir – e, por nossa vez, estamos sempre a buscá-lo. O filho mora na mesma casa onde o pai morou; tudo está lá, mas nada resta.

Em todo o livro, o ritmo frenético das frases e a riqueza lexical por vezes iludem, fazendo-nos acreditar que há abundância. Mas preste atenção. Guimarães Rosa está por aqui, espreitando e colocando a Krishna Monteiro, ao narrador e a nós numa encruzilhada, essa da aparência, dos enigmas que se mostram justamente para que não os possamos desvendar. Monteiro processa, literariamente, arquétipos profundos da individualidade: o pai, o duplo, o Brasil profundo, o livro dos livros. Com passagens que remetem ao sagrado e à Bíblia, ficamos entre o entendimento e o pasmo, num tempo e num espaço que podem ser quaisquer.

O menino que folheia uma enciclopédia enquanto o avô lhe narra as aventuras do Exército brasileiro na Itália, durante a Segunda Guerra Mundial, é o mesmo que agora escreve esse mosaico do que não existe, como o faziam as enciclopédias antigas e como faz agora o oráculo digital. Afinal, o que existe? – é como se o menino perguntasse ao avô. O avô provavelmente responderia: tudo isso. Tudo que se lê nas enciclopédias e as coisas pelas quais os homens lutam nas guerras.

Sim, tudo existe. Mas, diria o leitor de Krishna Monteiro, acima de tudo, existe aquilo que não existe mais.

Noemi Jaffe

O que não existe mais

Para meu pai.

O que não existe mais

"No deserto de Itabira
a sombra de meu pai
tomou-me pela mão."

Carlos Drummond de Andrade

Na primeira vez que te vi depois de tua morte, tu estavas na sala, de pé em frente à minha estante e aos meus livros. O imaculado paletó bege de sempre, a cadência firme dos sapatos a esmagar a superfície do tapete, tu alteravas a ordem dos volumes, retiravas compêndios, violavas páginas, maculavas segredos e silêncios. Arrancavas das prateleiras autores há muito ali abrigados, personagens e sonhos por tanto tempo esquecidos. Sem dar-me conta da distância, dos mundos a nos separar, sem ponderar que talvez o conhaque ou os cigarros ou os vapores da noite aos quais me submetia fossem os responsáveis por teu regresso, desci os degraus que davam para a sala do sobrado da Rua da Várzea, onde tu, eu e ela (lembras dela?) por tanto tempo moramos. Corri possesso pelos degraus, lancei-me à tua frente e interpelei-te com uma bravura que em mim nunca pulsou durante todo o tempo em que estiveste entre os vivos. Sim, interpelei-te, olhos nos olhos, o meu bafo áspero a arranhar teu semblante, e disse-te com ares de bêbado soberano: "Que direito tens tu de mexer em meus livros?". E então tu me olhaste de cima a baixo, me deste as costas e prosseguiste em teu lento e indiferente trabalho de violação. Pensei em escalar a socos o teu dorso, mas, antes de fazê-lo, lembrei-me daquele dia, do dia de tua morte, lembrei-me da caixa de pinho forrada de cetim em que dormias. Depositada sobre o tapete que teus pés novamente pisam, lá estava ela, suas seis argolas de bronze a pender no espaço, solitárias, subjugadas. Lembrei-me das coroas, das flores, dos círios. Lembrei-me do aliviado adeus que te dei. Adeus. Não, o que me agradava em ti não era a forma como tu chegavas de surpresa na véspera dos dias santos de fim de ano, o carneiro nos ombros, a faca do sacrifício nas mãos. Não me agradava a família inteira reunida no círculo em torno de tua presença, o cortejo em que nós, crianças, nos espremíamos até o terreiro, onde tu, pressionando todo o peso dos joelhos sobre a garganta do animal, cortava centímetro a centímetro por entre a lã branca, vertendo o jorro de sangue na vasilha que todos nós dividiríamos, boca a boca, ombro a ombro, mão a mão. Todos nós, tua prole, beberíamos juntos noite adentro, bendito seja Ele. Não, não era isso o que mais me agradava em ti. Gostava da maneira como nossos olhares se fixavam quando tu, distraído e indefeso a barbear-te, miravas-me pelo espelho nas manhãs, da mesma forma que me olhas agora, na primeira vez que te vejo depois de tua morte. Tu me olhas pelo espelho da sala, entre um e outro volume que retiras, que folheias, e mirando-me, emoldurado pelo marfim a envolver o vidro, investigas com o verde dos olhos este aposento, como a perguntar, a questionar: "Onde estão todos?" Não estão, eu te respondo. Não mais existem, eu te proclamo. Deles, restam apenas pinturas na parede. Sim, agrada-me em ti a forma perdida com que teu semblante percorre os quadros, o vestido de renda da irmã reproduzido a óleo, as gravatas do tio e do avô finamente pinceladas, a cesta de flores que ela (lembras dela?) costumava carregar às tardes, tão bem retratada em reflexos de verde, rosa e carmim. E eu olho para ti por entre este espelho, e eu a mim mesmo digo que estes teus olhos não mais existem, que este teu paletó bege não mais existe, que este teu cabelo branco e engordurado nas pontas não existe, não existe, e que a mim basta virar-te as costas e retornar à cama para, de manhã, dar com meus livros queridos na estante, perfeitamente ordenados, como sempre os deixei. Adeus. Acordo. Um feixe de luz irrompe pela cortina, atravessa meu cobertor e pousa em minha cabeceira. Levanto-me, colho em minhas mãos essa luz e, pé ante pé, descendo os degraus, convenço-me de que tu e tua presença não passaram de um sonho ruim, alimentado pelo peso frio que me corrói por dentro. Ao fim da escada, parado defronte ao espelho, certifico-me de que tu, de que teu olhar, não mais habita os limites daquela moldura. E então caminho até a estante, rumo a eles, aos meus livros, e então farejo teu rastro ainda fresco, sinto tua respiração ainda viva. Fora de lugar, de ordem, modificados, aviltados, meus livros nesta estante são testemunho de que ainda não poderei terminar este relato, dizendo: "Encerrado, ponto final, tu não existes mais". Não, os livros carregam consigo um veredicto: tu e eu estamos encerrados aqui, nesta história, e o curso destas linhas deve prosseguir. Continuemos, então. O que eu queria, o que eu mais queria em ti era que aquelas tardes em que eu te perseguia pelos corredores durassem por toda a eternidade. Tu partias escada acima, passo rápido, olhando para trás e sorrindo, escalavas desenvolto os degraus com pernas infinitamente mais longas que as minhas. Viravas à direita. Desaparecias. E quando eu finalmente lá chegava, no cume da escadaria, um túnel interminável estendia-se diante de mim, iluminado por lustres circunspectos. Em qual das múltiplas portas do corredor estarias tu? Os lustres oscilavam como pêndulos. Onde estarias tu? E então o fascínio de nossa brincadeira infantil tinha início. Uma a uma, eu abria as passagens, e mundos se descortinavam. Uma mulher enchendo um jarro. Um homem na cama com duas amantes, uma jovem, outra velha. Um andarilho e seu cachorro. Uma biga. A morte. Uma roda-gigante. Eu, refletido no espelho. E esta porta tão conhecida, há anos trancada, que tento inutilmente agora abrir. Ela, sempre ela, com sua fechadura resistente a qualquer investida. Faço, assim, o que sempre fiz. Bato. Bato. Bato. E a passagem se abre, revelando todo o esplendor de teu gabinete, de montanhosas estantes de mogno preenchidas de alto a baixo com encadernações. Ao ver-te sentado soberano na poltrona, fumando um cigarro e com um volume nas mãos, penso que até mesmo a morte não foi capaz de te privar de tua beleza. Sim, continuas belo. Dou dois passos e entro, em silêncio. Sento-me a teus pés como sempre fiz. Sabendo-me ali, tu me miras de relance, por cima das páginas que lês. Nossos olhares fixam-se um no outro, cheios de subentendidos. E, ao contemplar o caimento de teu terno bege, o brilho espelhado de teus sapatos de verniz, a leveza e o equilíbrio da bengala que manténs à tua direita, junto de ti, penso que talvez seja eu o morto e sejas tu o vivo, que eu não mais exista e tu sim, e que, nesse caso, o sobrado da Rua da Várzea ainda é tua legítima propriedade, e que, sendo assim, daqui devo retirar-me, e que, como morto que sou, devo cobrir-me de terra, adormecer, para finalmente estar longe de ti. Deixo o gabinete. Bato a porta. Adeus. Acordo no terreiro, a lama cobre todo o meu corpo. É fim de tarde; uma chuva fina, melancólica, está a cair. Levanto-me. Pé ante pé, subindo os degraus, busco em meu bolso a chave que trago comigo desde que partiste. Passo a passo, degrau a degrau, arranco de meu corpo roupas envoltas em barro, livro-me de meu paletó, gravata, de minha camisa, calça, de minhas meias, roupas de baixo, e atinjo, mais uma vez, o cume da escadaria. Viro à direita. Livrando-me de tudo de impuro que resta em mim, marco com trapos minha trajetória no túnel em que tanto te busquei. Acima, lustres oscilam. Ladeando-me, uma infinidade de passagens aguarda. Mas o homem nu sabe que há tempos todos estes quartos estão vazios. Chave nas mãos, ele abre a porta de teu gabinete. Puxa a arca escondida atrás de estantes em cacos, senta em tua poltrona e, abrindo o baú, certifica-se de que, roto e puído, teu terno lá está, de que, partida ao meio, tua bengala lá está, de que, foscos e sem brilho, teus sapatos lá estão, de que, morto eternamente às sete horas, teu relógio de bolso está lá, lá está. Bato a porta, fecho o gabinete. Tomo um longo banho, lavo-me da sujeira. E, antes de apagar a luz e dormir, lanço um último olhar ao homem nu no espelho, a ele digo num sorriso que sossegue, pois nada, nada existe mais. Boa noite. Adeus. Sonho. São sete horas, manhã de inverno. Reviro-me nu debaixo das cobertas, tento de todas as maneiras encontrar desculpas para fugir ao ônibus, ao comboio de crianças que dentro em pouco por aqui passará. Manhã de inverno, ruas e calçadas vestem-se de gelo, nem mesmo este cheiro de café que inunda meu quarto é suficiente para me despertar. E uma porta se abre, és tu, e uma mão pousa em meus cabelos, és tu, e uma boca em meu ouvido sussurra coisas a sorrir, és tu, e uma voz ameaça puxar minhas cobertas, és tu, e diz que sábado não tardará a chegar, és tu, e por fim abre a cortina, a janela, a luz irrompe, faz-se a luz, és tu. Acordo trinta e seis anos depois, nesta cama, a proteger minha vista da cegueira momentânea, e, quando consigo divisar as fronteiras do aposento, dou contigo na janela, cobertor nas mãos, a lançar-me um último e irônico sorriso antes de sair, de bater a porta, de dizer adeus. Decido-me. Desço correndo as escadas, lanço--me ao mundo, abandono o sobrado, as pernas voam sobre os paralelepípedos da Rua da Várzea, e, chegando à cidade dos mortos, ao terminar de percorrer seus labirintos, elas caem de joelhos sob um último cipreste, atingem o solo como se batessem num obstáculo duro, invisível. E os olhos leem dizeres esculpidos na pedra, eras tu, e os dedos perfuram e apalpam a terra molhada, eras tu, e as narinas aspiram teu cheiro, teu calor, sete palmos abaixo de mim, eras tu, eras tu. Isso é o que penso e repito à sombra dos ipês de nossa rua, enquanto vejo, ao longe, a fachada do sobrado surgir. Abro o portão. Piso a grama molhada. Passo pelos canteiros, pelo chafariz. Noto uma cesta de flores na soleira da porta, seus tons de verde, rosa e carmim. Entro. Na sala, acomodados ao redor da mesa, tu, o tio, o avô e a irmã pousam em uníssono os olhos sobre os meus. Sim, tu ficas bem como estás na cabeceira, neste assento de alto espaldar. Acomodo-me no outro extremo, sinto a textura macia da toalha de renda, o brilho agudo dos talheres, os retratos vazios nas paredes. Noto um lugar vago à tua direita, penso nela e em sua cesta de flores, lembro-me dela, descanse em paz. E então comemos. Juntos. Os cinco, com a mais plena certeza de que tudo, tudo começava a acabar. Boca a boca, ombro a ombro, mão a mão, as mesmas vasilhas dividimos.

Silenciosos, compenetrados, olhos baixos. Comemos. Lá fora, volta a chover. Finda a ceia, levanto-me, tomo da taça de vinho, e, de pé, a ti oferto um brinde, olhos nos olhos, minhas palavras ásperas a arranhar teu semblante: "Pai, tu és aquele que eras. Tudo acabou, pai, tu morreste, pai, tu não existes, pai, tu não existes mais". Tímidos, constrangidos, o tio, a irmã e o avô retiram-se da mesa, desaparecem nas cores de seus quadros. E então tu te levantas da cabeceira lentamente, caminhas até mim e, com um vazio a vincar teu rosto, trazes os lábios aos meus ouvidos e dizes palavras que nunca decifrarei, abafadas pela chuva a cair. Tu te viras, desapareces pelo corredor, apagas com vagar cada um dos lustres, preparas-te para dormir. Dou-te as costas. Caminho em direção à escada, ao meu quarto. Passo em frente ao espelho, nele sinto meu reflexo preso, encerrado na moldura de marfim. E, ao contemplar meu terno bege, o verde de meus olhos, ao mirar o branco e a gordura de meus cabelos, o perfeito caimento da bengala a me apoiar, percebo que nunca, nunca poderei dizer: "Encerrado, ponto final, tu não existes mais". Não, o espelho traz consigo um veredicto: tu, pai, estás encerrado em mim. Olho para o corredor. O último lustre se apaga. E, ao deitar em minha cama, na última, derradeira vez que te vi depois de tua morte, dou-me conta, pai, concluo, pai, que tu sempre haverás de existir. Boa noite. E adeus.

As encruzilhadas do doutor Rosa

> *O diabo o levou ainda a um monte muito alto,*
> *mostrou-lhe todos os reinos do mundo com sua glória e lhe disse:*
> *"Tudo isso te darei se, caindo por terra, me adorares."*

Mateus, 4-8

No momento mais inesperado de minha vida, quando estava prestes a sucumbir diante de uma implacável solidão, fui surpreendido pelo chamado do médico: "Venha". A voz, de início um balbuciar vacilante, pouco a pouco ganhou corpo e amplitude, transformando-se numa corrente de ondas que inundou meu sono. "Venha, venha". Acordei. Sonhava? Não pude acreditar. Havia muito não recebia chamados, não ouvia vozes, não possuía nenhuma utilidade. Um mundo povoado por criaturas racionais me expulsara da essência das coisas, e, com o tempo, desencantei-me: fui-me recolhendo ao silêncio. Mas eis que a voz de um médico, de um simples médico, irrompeu segura pela noite, despertando-me, imperativa, densa, quase uma ordem. "Venha". Não pude crer. Meu nome, ela pronunciava meu nome.

Levantei-me, fez-se a luz, e então o vi. Estava numa encruzilhada, uma maleta de couro nas mãos. O terno de linho branco que revestia à perfeição seu tronco, a gravata embainhada entre as dobras do colete, o chapéu de feltro tombado com falsa displicência para a esquerda e as abotoaduras a reluzir nos punhos pareciam todos convergir em direção às armaduras de aro grosso que sustentavam duas lentes. O homem chegara a pé até o velho local de encontro, percorrendo o interior das Veredas Mortas. Um céu coalhado de estrelas recobria sua cabeça. Se pudesse enxergar além, na direção de cada um dos quatro pontos do quadrante, veria ao norte um rebanho de cabras, ao sul dois cavalos murzelo-malhados e a leste um riacho caminhando por entre pedras embebidas de silêncio. A oeste, notaria passos em sua direção. Mas o médico ainda não vira nem ouvira meus passos. Continuava a fitar o nada, a gritar "venha" para o escuro, "venha". Que belo quadro: o campo, o cheiro noturno do sereno, aquela voz a declamar. Fui tomado por uma sensação de indescritível felicidade quando finalmente pude lhe dirigir a palavra.

"Há muito tempo não tenho o prazer de falar com um homem, doutor Rosa."

A voz silencia. Seu olhar vira à esquerda.

Armaduras e lentes vasculham os buritis às margens do riacho, em busca da origem do cumprimento. Cabras ocre, cor de barro, de cobre, de amora-preta, cabras de cornos retorcidos se aproximam em trote silencioso, perfilando-se junto ao médico sem que ele se dê conta. Acendo a lamparina e deposito-a sobre um toco cortado de árvore.

Atraídos pela luminosidade, os olhos do médico rompem os limites dos óculos, vagam afoitos pelo matagal à beira d'água até serem ofuscados por uma esfera vermelha que brilha e cega, mas cuja claridade aos poucos diminui. Regulo a lamparina. Diminuo a chama. Ergo-a logo acima da cabeça do homem, iluminando seu corpo de alto a baixo, e estendo em direção a ele a outra mão.

Sinto o aperto trêmulo da palma lisa, enquanto sua mão esquerda recua e comprime junto à coxa a maleta marrom e de cantoneiras prateadas. Meus olhos deixam-se atrair pelas três fivelas que refletem sobre o couro da mala o brilho da lamparina atrás de nós, e cuja superfície metálica, polida e finamente gravada em arabescos faz com que eu me perca cada vez mais na sinuosidade de suas letras pontiagudas. Investigando aqueles signos, detendo-me em suas curvas, não me dou conta de que a silhueta branca do médico e sua mão direita parecem retroceder, renunciar ao encontro, afastando-se e dissolvendo-se no espaço. A indignação pulsa, corre em minhas veias. Puxo o homem como uma montaria subjugada pelas rédeas, pelo freio, e ao senti-lo novamente próximo percebo meu hálito embaçar as lentes de seus óculos. Mas, quando estou prestes a esboçar meu sorriso de triunfo e recordar em voz alta o mandamento dado aos antigos – "não jurarás em falso" –, um relincho rasga os pastos de ponta a ponta e um arrepio se engancha na base de minha espinha. Solto sua mão; e olhamos, nós dois, para a estrada.

Como pude me esquecer deles, dos cavalos, das duas cavalgaduras murzelo-malhadas que a trote curto seguem em nossa direção pela poeira da trilha, encilhadas e solenes? O passo idêntico, o dorso e o pelo luzidio, eles se aproximam, abandonam a estrada, descem em nossa direção e param um de cada lado, encobertos pelo vapor que sai de suas narinas. Seus cascos martelam a terra. A lua brilha. Troco um olhar com o médico e, quase ao mesmo tempo, lançamos os pés aos estribos e montamos.

Quando a lavoura é colhida, nas últimas semanas de junho, o cheiro do mato cortado e fresco preenche o campo. Espalhados em cones ao redor de nós, os montes de capim dormem. Carros de boi vazios se enfileiram pela beira da estrada. E as marcas dos pés daqueles que nos precederam e ali pisaram durante todo dia gravam a extensão do solo como uma semeadura de homens, crianças e mulheres.

Era domingo. Os cavalos seguiam, trotando e desviando das poças d'água. As palmas dos buritis se agitavam e pareciam assumir contornos humanos, enquanto o médico, o corpo balançando mal acomodado sobre a sela, fitava-me com o canto dos olhos. Pontos luminosos começavam a se apagar num céu que, aos poucos, ganhava matizes coloridos. Pontos luminosos começavam a brotar no pé da serra, fazendo com que minha montaria apertasse o passo ao avistar os primeiros postes e ruas do povoado. Entramos na vila. As orelhas de meu cavalo levantam e empinam. O trote de suas ferraduras nos paralelepípedos acelera e dá lugar a batidas ressoantes de um galope morro acima, e quando noto os primeiros contornos do campanário se esboçando na superfície da manhã o meu primeiro impulso é segurar, tracionar, puxar o animal com todo o meu amargor e desconforto. Mas o cavalo persiste, ignora minhas forças. Projeta o pescoço para a frente e só interrompe a carreira diante de uma porta de pinho lavrado, por onde acabam de entrar duas cabeças e corpos grisalhos arrastando terços.

A fumaça do incensário flutua rumo ao teto da igreja, como se buscasse, por entre os vãos e as rachaduras da abóbada, uma fresta por onde fugir. Bocas e braços se enfileiram diante de um vulto pálido, e um a um os discos de trigo deslizam do cálice para a mão, da mão para as mãos, e delas para a saliva e a memória, nas quais se dissolvem. Escondido num banco dos fundos, ouço a porta de entrada ranger. Olho para trás e vejo o médico cruzar o umbral, tirar o chapéu, ajoelhar, riscar com a mão uma encruzilhada no peito e caminhar em direção a mim.

Ele se acomoda e senta à minha direita, protegido pela valise de couro que deposita entre nossos corpos. Consome a própria face contemplando as figuras furtivas que abandonam os assentos para formar a fila no corredor. Sei que não tardará a se juntar a elas, e se, num momento de descuido, abandonar a maleta marrom à minha guarda, então em meu íntimo sei que poderei abri-la, examinar numa cortina de segredo os papéis que lá se encontram e conferir os termos em que foram redigidos, lavrados e assinados.

O doutor se levanta. A mala permanece reclinada sobre a madeira, suas três fivelas me fitando, dissecando.

E foi então que, lá na frente, entre as beatas que se acotovelavam sobre o altar, aquela velha de mantilha cinza e tamancos colheu na concha das mãos o pão que também é corpo, mas antes de conseguir mordê-lo (pois no íntimo eu e ela sabíamos que o mordia) foi crivada de alto a baixo por um tremor que a arremessou ao solo. Estirada no piso, a saliva faiscando nos cantos dos lábios, a mulher ainda encontrou forças para torcer o pescoço, apontar o dedo para o fundo da galeria e fincar seus dois olhos duros no banco que me ocultava. E incontáveis foram os olhos que aos dela se seguiram e em minha direção se viraram naquele momento em que eu quase tocava a mala: sólida parede de olhares densos, acusadores, cada vez mais próximos, me comprimindo.

Na praça em frente à igreja a manhã se propaga veloz. Procuro pelas montarias. Um braço agarra firme meu cotovelo, o médico me ampara até os animais enquanto resguarda a valise na outra mão. Montamos. Esporeamos. Seguimos.

Naquela época, crentes fugidos do deserto acampavam pelas beiras do riacho, onde um homem em vestes de couro os batizava. Após mergulharem na água os corpos em jejum, secavam uns aos outros e se apertavam em volta das fogueiras mastigando sua colheita de esmolas. Os dorsos, as mãos, as pernas e as cabeças e as costas insuladas como pelotões numa trincheira, os trapos fazendo as vezes de toalhas e os braços encolhidos: tudo e todos surgiam nítidos em grau maior à medida que descíamos o morro, ele na frente, eu a segui-lo, eu e ele avançando em meio às rajadas de ar mortas de frio. Chegamos ao riacho. Apeamos. O doutor caminha para a margem, desenhando no ar um longo cumprimento com o chapéu de abas largas.

Não, a mim não permitiriam entrar na água. A meus pés não consentiriam se descalçar como os do médico e como os dele percorrer – as solas se rasgando e ferindo – a via de pedras e escarpas que daria na terra molhada, e em cima dessa superfície repousar por alguns segundos antes de tocar o líquido. E, após tomar fôlego e mergulhar, que meus dedos, também eles, percorressem o leito em declive fazendo sulcos na matéria fria, acordando os peixes, que fugiam. Não. Não a mim. O homem encapotado no couro de boi aguarda em silêncio. De pé no ponto equidistante entre as margens, seu tronco – como uma árvore enterrada na vertical e com galhos desfolhados voltados para cima – espera o momento em que receberá o outro que avança pela corrente. Os braços do batista se abrem sobre a lâmina d'água lembrando comportas de um ancoradouro. O corpo do médico luta contra o fluxo, afunda, reaparece rodeado de cardumes, e o rio o lava e o acolhe como uma antecâmara onde se abandonam impurezas e enfermidades.

E agora, quando a garupa do cavalo do doutor oscila de novo à minha frente e nossa marcha prossegue pela estrada, tento imaginar o gosto do sal depositado em sua língua. Tento recordar o rosto dos que se lançaram, que mergulharam, que o ampararam, e também o óleo ungido sobre sua testa e o retorno dela – límpida e triunfal – ao mundo e à superfície. O dia já vai alto. Iniciamos a subida do monte, das montanhas em flor. As passadas dos animais ficam mais lentas e cadenciadas. Seus cascos repicam contra as pedras, e o som compassado de seus peitos – como a minha, a dele, ou até mesmo a tua respiração que agora sinto – é tudo o que me resta e que marca o ritmo da escalada. A ladeira é cada vez mais íngreme. Agarro-me às rédeas e ao dorso que treme e toma impulso entre minhas pernas. Quando alcançamos o topo, interrompemos o passo diante de paredes de pedra que mergulham francas, indiscutíveis e infinitas. A seus pés, cidades e reinos germinam. Pensamos vê-los. E talvez os víssemos, quase inalcançáveis, invisíveis. Olhávamos, e nosso olhar os recriava.

Aponto em direção ao vale. Minha mão direita, estendendo-se para além de mim e de nós, pousa sobre o semblante daqueles rios e planícies, percorre o emaranhado de ruas e telhados, acaricia castelos e muralhas fartas de resguardarem medos. Investiga a silhueta de fortalezas inexpugnáveis, cercadas por olhares em vigília no interior dos elmos. Os homens, os mundos; suas cidades, torres e cúpulas douradas: meu indicador as apontava. O doutor as via. Ou, como eu, apenas as sonhava. Sua montaria revolve o chão com as patas dianteiras, costurando a trama de um bordado sobre a terra. Os cascos desenham frenéticos uma, duas, dezenas de encruzilhadas. Meus olhos perseguem a mala. No fundo do vale, na mais distante e protegida das cidades, uma sentinela contempla o cume do monte, atenta ao que aqui, nestas pedras, se passa. As três fivelas da maleta de couro ardem sob o sol. O vento toma a montanha de assalto. O olhar do médico recai em mim, de mim se esquiva, mergulha na planície povoada de riquezas e a mim retorna. Busco a maleta com a mão esquerda. Ele recua e a protege contra o peito. Nossas vistas se cruzam, se evitam, se buscam e entrecruzam. Desmonto. Ele me imita. O vento sopra a ordem dada aos antigos: "Não jurarás em falso". E é em sentido contrário ao vento – e de livre e espontânea vontade assim sendo – que o médico caminha ao meu encontro. No momento mais inesperado de minha vida, foi-me enfim ofertada a mala. Quebro seus ferrolhos. Puxo o maço de papéis para o sol. Estavam todos com a assinatura dele. Estavam, todos eles, assinados.

Descemos a montanha em trilhas opostas.

As feições da terra se tornam mais e mais difusas, as cristas dos morros empalidecem, a planície é forrada por espigas de milho que se estendem até os limites do horizonte. Uma cabana e um estábulo despontam. Amarro o cavalo. Jogo meu casaco sobre os bancos da cozinha e começo a descer a longa e escura escada em espiral. À medida que os degraus se aprofundam, folheio o conjunto de páginas datilografadas, cuidando para que o calor vermelho da lamparina não resvale nos documentos. A escadaria se contorce e estreita antes de chegar ao meu quarto. Tranco a porta, o querosene seca, e com ele a chama em minhas mãos. Mas não tarda para que aos poucos os olhos também se apaguem, e que reconheçam e se habituem à noite enclausurada entre as paredes.

Sem compreender a natureza estranha que me impelia, tomo a primeira das folhas do maço e fixo-a cuidadosamente sobre a pedra. Dou dois passos para trás, esforçando-me para enxergá-la na penumbra: era como um quadro ou um retângulo branco sem moldura. O mesmo destino tiveram as páginas seguintes, alinhadas em fileiras sobre a superfície do teto e do piso, superpostas em ordem numérica sobre meus móveis, cimentadas como frágeis ladrilhos de papel sobre meus quadros, estatuetas, tapeçarias. Os contornos do quarto desapareciam, forrados por aquela profusão de folhas, algumas delas aqui e ali corrigidas pelo rigor de uma caneta-tinteiro. E foi pouco antes de sobre minha cama deitar em definitivo que me dei conta de que já não mais morava em meus aposentos, e sim no interior, nas entrelinhas do texto que ele, o médico, me confiara no topo da montanha. Percebi que, revestido, aninhado, envolto pelo cobertor daquelas páginas, eu agora habitava o ser, o cerne delas, as palavras. Deito na cama. Viro para o canto e para a parede. Leio a primeira frase:

Nonada. Tiros que o senhor ouviu foram briga de homem não, Deus esteja.

Antes de cobrir definitivamente a cabeça, percebo que fachos de sol rompem através de cada uma das folhas por mim coladas, e que elas, de papéis, transmutavam-se em vidro, vitrais, vidraças. Durmo, respirando aquele ar pleno de luz.

Quando dormires, cantarei

"Pois aos galos de briga, aos falcões de caça e a todas as aves que,
pelas mãos do homem, foram forçadas às lides guerreiras,
também será possível armar como cavaleiros."

Tratado medieval de falcoaria e outras artes, 1386

Pisou na arena e notou apreensivo que o outro tinha esporas curvas como espadas mouras. Férrea, brilhante, pontiaguda, a couraça de seu oponente recobria toda a extensão da cabeça e dos membros inferiores. Pensou em si mesmo, em suas armas. Pensou também na razão para as mãos nas arquibancadas estarem tão inquietas: levantavam nuvens de poeira, debatiam-se e apunhalavam o ar, em nada recordando aquelas que, em outros tempos, iluminadas por labaredas, faziam nascer pássaros negros sobre a tela de uma parede branca. Elas, as mãos, sempre o intrigaram. Pensa: "Além de voarem feito aves com plumas de sombra, as mãos também gritam como corvos. Devem ser suas irmãs". Os gritos das arquibancadas crescem ao redor, o outro o provoca, agitando para a direita e para a esquerda a capa, a cauda multicor. Mas não seria pego nessas artimanhas. Contenta-se em acompanhar seu duplo com movimentos pendulares do pescoço, protegendo o flanco, terçando armas, levantando a asa direita como um escudo ou uma barreira edificados bem acima da linha da cabeça. "Cuidado com a cabeça", dizia Conceição. "Se a agulha a picar, nosso esforço não valerá de nada." Lembra-se de como Conceição e o menino manejavam cuidadosamente os golpes da agulha de maneira a contornar seu crânio, a evitar ferir as vértebras da coluna, e ao mesmo tempo quebrando e rompendo a resistência da casca e do invólucro no interior do qual ele flutuava. Via, submerso, como a totalidade daquilo que conhecia estava prestes a se fragmentar, despedaçar. O envoltório estilhaçou. O fluido escoou. O primeiro fôlego penetrou na raiz de seus pulmões. Firmou pela primeira vez os dois pés bambos, sentiu-se aninhado entre as palmas de duas mãos. E elas o elevaram até a mulher de cabelos-plumas-cinza-prateadas, o conduziram – e tudo era brilho – até a brandura espelhada no rosto de Conceição. Pensa: "Como eram lisas as mãos do menino naqueles tempos". Na arena, a multidão de mãos aperta o cerco em torno dele e de seu oponente, forrando o chão com uma chuva de papéis verdes que lembravam as folhas das árvores. O outro o olha de cima, cisca riscos enfurecidos sobre a terra, esgrime a ponta do bico em busca de uma brecha onde cravar o primeiro golpe. Carrega, entretanto, por trás das próteses e proteções metálicas que revestem sua cabeça, uma expressão estranhamente perdida. O palavrório das mãos fica mais e mais alto, ele persegue e acompanha seu duplo com total simetria de movimentos. E antes que pensasse em tentar recuar, sente a pressão de duas palmas no baixo-ventre e se vê subitamente alçado ao espaço, voando a contragosto em direção aos gumes e às adagas. Uma. Duas. Três. Afasta-se arquejando depois da quarta estocada. Esfrega os olhos, sente um filete rubro e espesso escorrer pelo pescoço. Olha adiante: à sua imagem e semelhança, as penas do outro também ostentam o mesmo colar de sangue. "Pode ser que ela o acolha, pode ser que o mate", Conceição dizia. "Trata-se do filho de outra mãe, ninguém sabe quais serão suas penas." Conceição e o menino o pousam no solo, os domínios que agora pisa parecem se expandir ao longo de extensões sem limites. Atrás de uma malha de fios prateados, trançados até alturas a perder de vista, um par de asas se ouriça ao pressentir sua chegada. Se soubesse a palavra exata para defini-las em seus tons e cores, ele diria: "Madrepérola". Mas só mais tarde a aprenderia. Atentas, desconfiadas, destemidas, as asas madrepérola se engatilham em postura defensiva. Sem sequer compreender a perigosa linha de fronteira sobre a qual se aventurava, ele atravessa e salta; as asas se retesam, para uma fração de segundo depois relaxarem, desabrocharem, aninhando-o no interior de uma textura muito semelhante à das pétalas. Uma escuridão densa e acolhedora o abraça, e ele se pergunta se não haveria retornado para o interior do invólucro de onde a mulher e o menino o expulsaram. Mas lá tudo era líquido, e aqui somente há um ar impregnado de reconhecimento. Além disso, não existiam lá esses estranhos seres esféricos que aqui o rodeiam recobertos por uma penugem amarelo-ouro. No escuro, ele se viu cercado por olhos curiosos, cintilantes, pequeninos: olhos em tudo distintos destas duas órbitas chamejantes que – ele sabe – querem hoje, nesta tarde, e a todo custo, destruí-lo. O outro enxuga com a ponta das asas o vermelho que brota do peito, toma fôlego, afia os esporões no chão. E ele, ao examinar reflexivo o duplo e sua triste figura perpassada por tremores, se dá conta de que nada poderá restar além de uma única alternativa. Pois atrás, às suas costas, já crescem e se aproximam as mãos. Atrás de si, ergue-se a intransponível barreira de mãos: lúgubres, calosas, insensíveis. "Cedo ou tarde irão empurrar-me", pensa. Então se antecipa.

Pousa sobre o outro como uma farpa, cravando o mais fundo possível as pontas das esporas (eram curvas como espadas mouras). Ouve um estalido seco e sente algo se partindo. Faz como aprendera, como estava escrito: a asa direita é o escudo que apara os golpes; a esquerda é a espada que sibila; e do céu e do solo e de todos os lados o corpo trovejará, lembrando tempestades vingativas de granizo: assim estava escrito. Percebe que o outro já se afasta, o rosto assustado e lívido. Com o pé direito, prende-o junto a si, e, manejando sabiamente a espora esquerda, abre na barriga dele uma série de incisões precisas. Uma. Duas. Três. Ouvia, podia ouvir algo se partindo.

Conceição contava e partia as espigas de milho, e aquelas sementes caindo sobre ele e os outros, e a cor do milho se confundindo com a de seus corpos, e as bocas colhendo o alimento que se espalhava na terra e por entre as ervas. Circulando protetoras ao redor, ceifando e ciscando, elas, as asas madrepérola. E quando o sol definitivamente se reclinava, quando os irmãos se recolhiam atrás da tela de fios prateados e a respiração compassada de seus corpos era tudo o que persistia na noite, então ele os via se materializarem, alçarem voo: pássaros com plumas de sombra, planando sobre as paredes brancas da cozinha. Diante das labaredas do fogão a lenha, as mãos de Conceição esvoaçavam. Tiravam rasantes sobre a plateia da casa e da vizinhança, amontoada nos bancos e nas mesas, assistindo quase sem piscar às evoluções daquele teatro de aves negras.

Sobre o solo, seus pés frios. À sua frente, o inimigo exausto, exaurido. Opacas são as cores que colorem o mundo, a visão se embaça, e por um momento ele julga lutar contra dois ou três. Mas percebe que agora o duplo, em vez de atacar, em cima dele cai e se apoia como numa bengala, e que sobre o corpo do outro ele também se deixa desfalecer, ambos rodando em torno de um eixo imaginário, pisando e se desfazendo em uma poça feita da essência deles mesmos. "Não é para se ver", diz ele para seu reflexo no líquido. "Não é para se ver", Conceição dizia. O corpo jazia estirado dentro do caldeirão, seu dorso cortado por um talho através do qual o último fôlego escoava. Friccionando sua pele em cadência impiedosa, os dedos de Conceição arrancavam as penas, lançando-as ao ar. A luz as atravessa antes que elas pousem; ele reconhece sua cor, sua textura, procura a palavra exata para nomeá-las e de repente diz para dentro de si: "Madrepérola". Pois agora a aprendera e a conhecia. "Não é para se ver", Conceição dizia ao menino: "Esta cozinha está infestada". As próximas tardes, os seguintes dias, elas lhe trariam o humor cíclico dos ventos: gélidos, vagarosos, inflamados. A roda dos ventos girava, ao redor dela as estações se sucediam, e ao fugir e dar as costas à mulher e às suas mãos ele se sentia capaz de passadas cada vez mais longas. As fronteiras do mundo diminuem. A tela de fios prateados se aproxima. Um dia, para sua surpresa, viu-se erguido ao ar: era seu próprio bater de asas. E ao pousar numa trave de madeira contemplou orgulhoso os dois membros, revestidos de plumas multicores e pontiagudas.

O duplo o olha. Como Conceição o olhava. O duplo o rodeia. Como ela, de longe, o rodeava. Quando trazia a chuva de milho. Quando, sorrateira, se aproximava. Recolhido em suas feridas, o duplo o estuda de relance. Carregaria como ele o peso da lembrança? O corpo no caldeirão, as penas pisoteadas: ao recordá-las, distanciava-se, voava para longe de Conceição. Mas ela insiste, invade seus domínios, abre a cancela, senta num canto sobre a palha e lá se enreda em reflexões, cercando-o com o peso do olhar. O duplo manca, tem a perna direita esmigalhada. As mãos gritam e se espremem na arena. Então o bote, o salto de duas mãos quentes como chamas, e ele surpreendido e capturado entre os nós daquela malha de dedos: distingue um ponto em carne viva nas palmas de Conceição, fustiga-o com uma sequência de bicadas rápidas, tentando, inutilmente, se libertar (o duplo empalidece e se contrai).

Entram na cozinha, ele erguido metro e meio acima do chão. Do alto, engaiolado entre dedos e palmas que o sustêm, vê correr um desfile de coisas que não sabe nomear: panos, artefatos, objetos dependurados. O peito pulsa, bate em disparada, e talvez por sentir e temer aquela cadência as duas mãos começam a baixá-lo. Descem-no, ofertam-lhe uma cuia cheia de grãos dourados, e ao provar o primeiro ele percebe que era da mesma matéria dos que, nas tardes e manhãs, caíam sobre seu dorso e o de seus irmãos. Come e devora o milho, ao mesmo tempo que sente, roçando em vaivém nas penas das costas, a carícia dos dedos de Conceição. "Não é para se ver", diz ela ao menino que já rondava. "Queremos estar sós." Ao limpar a vasilha, é novamente colhido pelas mãos. E Conceição mostrando, falando e ensinando nomes, descerrando e catalogando o mundo, tudo era brilho: a imagem de São Benedito, guardião da cozinha e atrás da qual se escondiam os fósforos; a moringa d'água, tendo ao lado a caneca amassada de alumínio; panos de prato bordados, azulejos verdes vindos do outro extremo do oceano; o fogão a lenha, forja que respira e ilumina; e ele – a partir daquele instante – trilhando caminhos abertos pela mulher de cabelos-plumas-cinza-prateadas, seguindo seus passos desde o raiar do sol até o cair do dia, todos os dias.

Fala para si mesmo que, se o duplo continuasse vagando daquela maneira ingênua à sua frente, guarda aberta, asas arqueadas, passos sem alicerce nem objetivo, era questão de tempo até tudo chegar ao fim. Decide esperar. O sangue do outro escorre e empapa a areia. "Desse jeito, logo tombará como um saco vazio", pensa. Melhor esperar. Sabe que também está ferido, mas os anos na arena lhe ensinaram que, até certo limite – que era tênue, e cuja identificação precisa diferenciava os grandes combatentes –, havia retorno e cura para qualquer chaga. Olha para o rastro de sangue do outro. Calcula. Atrás da cabeça do duplo, nuvens correm pelo céu, enquadram seu perfil num grande panorama azul. Era como se as formas das nuvens, seus desenhos e relevos, se agrupassem e envolvessem aquela cabeça que lembrava uma auréola ou o prenúncio do sacrifício. Mas um dos cúmulos-nimbos escurece, assume uma feição pontiaguda; e antes que pudesse respirar ele sente algo cravejar como um pino em brasa na barriga. Depois de ser erguido e atirado ao chão, depois de se levantar e ver que o outro ria um riso suicida, depois de constatar como na verdade eram agourentas as nuvens e que a areia agora se ensopava com seu próprio sangue, deduz que ele, também ele, havia cruzado o ponto de não retorno.

O menino gritava nas madrugadas. Quando fora entregue ainda criança numa cesta e Conceição o abrigara nos mesmos lençóis em que dormia, o choro era afogado em gotas d'água com açúcar pingadas uma a uma entre os dentes, que trincavam, rangiam. Porém, com o tempo, com o girar da roda dos ventos, os berros daquele que crescera e já passara para a cama ao lado se intensificavam, ressoando em todo o seu terror às quatro da manhã, como o apelo de um ser aprisionado em algo que não compreendia. De nada adiantou a estátua à sua cabeceira – "É para proteger", disse Conceição ao colocá-la; de nada serviram as rezas, as benzeduras, as infusões de sálvia; pois os gritos ecoavam, persistiam, acordavam toda a casa. Até que uma noite, correndo a mão direita naqueles cabelos lavados por um suor frio, Conceição puxou não sei de onde uma canção esquecida, cujo último verso era assim: "Quando dormires, cantarei". Sozinha com o menino entre paredes carregadas de lembranças (só os dois restavam, os demais haviam partido), notou que os braços dele se descruzavam e enfim pendiam soltos, e que todo o seu corpo virava para o canto, adormecia. Puxou a cortina. Espiou pela janela. Viu que a manhã já se ensaiava.

Empoleirado do lado de fora sobre uma ripa, também ele ouvia a música. Sentia que uma luz gestada a partir das entranhas da noite, crescendo em intensidade atrás das cristas dos montes, clareava não só e cada vez mais o terreiro, o pilão, a máquina de moer cana, mas também o interior dele, puxava para fora dele algo que sempre existira: um querer, uma força ancestral, um estremecimento adormecido. Algo que agora, por razões misteriosas, comichava, insuportável, mais e mais intenso, correndo como uma ânsia por suas veias em direção à garganta, para então quase estourar como um espasmo, um arrebatamento, uma vontade inexorável e incompreendida. Firmou os pés no poleiro. Encheu o peito, sentiu algo florescer dentro dele. Viu através da janela a silhueta de Conceição acarinhando o menino. E, quando o grito finalmente explodiu e saltou de sua garganta, ecoando sobre os cumes dos telhados, acordando todos os vizinhos, ele pôde perceber que, à semelhança da mulher em vigília, todo o seu ser parecia afirmar: "Quando dormires, cantarei". Repetia a plenos pulmões o verso. Cantava. O sol nascia.

O golpe atinge em cheio a cabeça do duplo. Arranca a cobertura metálica que reveste seu rosto, fazendo com que a proteção cor de bronze voe longe como um elmo que se arremessa aos ares. Mas a reação não tarda: o contragolpe relampeja, retorna desesperado, e duas são agora as cabeças descobertas, os bicos despidos, os pares de olhos nus e ofuscados. Esvaindo-se em sangue, cada vez mais fracos em meio à histeria de mãos que os infernizam, os dois trocam vergastadas a esmo. Uma a uma, as peças de suas armaduras quebram, tombam sobre o solo, e ele pensa: "Parece que foi ontem". Num ontem hoje distante e perdido no tempo, seguia os passos de Conceição no assoalho da cozinha. Curvada sob o peso de uma braçada de lenha, ela se arrasta em direção ao fogão – o acende, o assopra, o alimenta, sorri ao ouvir o estrondo das fagulhas que bailavam. Senta-se contemplativa ao pé do fogo, morde uma broa, dividindo-a com a boca e as asas aninhadas em seu colo. Não percebe o vulto, treva na tela das paredes; não nota, lúgubres e calosas, as duas mãos que se esgueiravam. Quando pressente o rondar do menino, pensa em dizer-lhe "Não é para se ver", mas aquela presença já se evanesce. E, mordiscando a broa de milho, Conceição conclui que os gritos que julgara ter ouvido eram apenas silvos do vento que sacudia o telhado e suas vigas.

No quintal, o menino aperta a garganta dele, sufocando o último dos pedidos de socorro. A outra mão desce até a terra, manuseia uma série de artefatos brilhantes nunca antes vistos. A mão ergue uma peça (longa, recurva, de ponta aguçada) e a encaixa em sua espora esquerda: a perna agora lhe pesava. E essa sensação de peso quase intolerável recobrindo os dois pés e a cabeça, pressionando como um fardo o pescoço, fazendo com que seu corpo, livre, solto no terreiro, tombasse e oscilasse para os lados, quase não suportando o capuz, as escarpas e os punhais de aço. Cai. Por entre os furos da cota de malha, ouve risos abafados. Olha para a cozinha. Quer chamar Conceição, comer o milho, descansar novamente aos pés da mulher e de São Benedito. Mas ela não lhe ouve. Há tempos já não ouve. Conceição atada, esterilizada, presa à cadeira com ombros inertes e a cabeça macilenta mergulhada em neblinas.

O golpe de sua perna esquerda acerta a cabeça do duplo, que tomba de joelhos. Mas ele sequer percebe a queda do inimigo. Fita um ontem distante, um quintal, as mãos do menino: naquela tarde, elas carregam cortes e cicatrizes que nem sempre existiram. Vê uma terra recortada por arames, em que mãos novamente o erguem, mas de outra forma: com a técnica de um soldado e o rigor de um mestre armoreiro. Sente o garoto – ou quem ele se tornara – limpar e polir a veste metálica. Repara que ele traz um dente de alho nas duas palmas. Aceita, bica, engole a oferenda, um fogo queima sua barriga: nota então subir-lhe um gosto, uma segurança, uma raiva surda e um querer de rinhas. A armadura de couro e bronze é bela. Os treinos se sucedem. Numa longa sequência de fins de tarde, são apresentadas manhas, golpes, técnicas. Jeitos de sangrar e resistir. A armadura parece se nutrir da carne dele, perfeitamente integrada ao pescoço e aos membros inferiores. Agora leve, flexível como uma segunda pele, ajustada quase com a minúcia e o cuidado de um ourives. O menino o põe no colo. Aponta para um círculo riscado no quintal. Juntos, caminham naquela direção. As mãos o baixam. Ao olhar para os lados, sente-se cercado por centenas de outras mãos.

Pisa pela primeira vez na arena, e por um momento julga estar diante de sua própria imagem refletida. Mas ele permanece estático, enquanto o ser à sua frente se mexe: agita, como uma flâmula de guerra, uma cauda feita de todas as cores. Pisa na arena. Nota apreensivo que o outro tinha esporas curvas como espadas mouras.

O duplo já não respira. E ele, pisando por cima daquele corpo inerte, tenta caminhar em direção ao último reflexo da casa e da cozinha. Vê Conceição encolhida junto ao fogão a lenha. A velha treme, revira uma acha, as labaredas estouram, brilham, o sol já se reclina. Solitária, sem a plateia de dias idos, Conceição eleva as duas mãos ao ar. E ele pensa: "Não é para se ver". Mas enxerga o primeiro deles, suas asas, suas plumas de sombra envergadas, seu dorso que esvoaça traçando curvas nas paredes. Conceição contempla as próprias mãos. Outros pássaros levantam voo: lembram, ao planarem pelo teto, pelo chão, por todos os lados, uma revoada de aves migratórias em busca do calor. Negros como corvos, eles gritam, dançam ao redor do fogo. Suas figuras, ao crescerem de tamanho, recobrem pouco a pouco o teto, as panelas, as colheres de cobre e os tijolos caiados. Estendem-se sobre panos, artefatos, sobre o verde oceânico dos azulejos, e, unidos num único corpo, fundidos de súbito num todo, descem e escurecem, pousando até mesmo sobre o santo protetor. A noite quebra as vidraças. Envolve as ervas. O milho. O pilão, a máquina de moer cana. Banha a terra, seus tons de madrepérola.

E um invólucro, muito semelhante àquele do qual a mulher e seu filho o expulsaram, ergue novamente suas paredes. Denso e escuro, o fluido sobe-lhe pelas pernas, pelo dorso, pelo pescoço. Os contornos do quintal desaparecem. Um vulto se desenha na escuridão. O envoltório se fecha, o último fôlego escapa da raiz de seus pulmões. Tenta firmar os dois pés bambos, mas flutua; e à deriva, suspenso naquele líquido, ainda consegue ouvir o som: o giro da roda dos ventos, sua engrenagem, seu sopro glacial, avançando pela terra como o galope de legiões em marcha.

Um âmbito cerrado como um sonho

"No son más silenciosos los espejos
ni más furtiva el alba aventurera;
eres, bajo la luna, esa pantera
que nos es dado divisar de lejos.
Por obra indescifrable de un decreto
divino, te buscamos vanamente;
más remoto que el Ganges y el poniente,
tuya es la soledad, tuyo el secreto.
Tu lomo condesciende a la morosa
caricia de mi mano. Has admitido,
desde esa eternidad que ya es olvido,
el amor de la mano recelosa.
En otro tiempo estás. Eres el dueño
de un ámbito cerrado como un sueño."

Jorge Luis Borges, "A un gato"

E antes que seu corpo respirasse mais uma vez, ela estendeu a mão direita e pensou em mim. A mão percorre os lençóis, alcança a cabeceira, a extremidade da cama, procura por mim. Afaga minha barriga e meu pescoço, enquanto o corpo sorve com aspereza o ar, girando todo o seu peso para o canto e cuspindo tons líquidos de vermelho sobre o chão. Pálidos, seus lábios tremem. Frios, pálidos. Ela inspira, avança, me abraça. Recuo. Os dedos enlaçam, apertam minha garganta. Minhas unhas saltam, escapo deslizando pelo assoalho e, antes dela respirar mais uma vez, estou sobre a escrivaninha, oculto entre os livros, o tinteiro, os papéis, farejando à distância sua angústia. E seu corpo ofega, inspira, expira. E seu pulso acelera. Os cotovelos comprimem o colchão, içando a mulher num derradeiro esforço. Ela me toma novamente nos braços, caminha até a janela, até os sons, o calor, até os cheiros do mar.

"Não tenha medo, querido."

Seu colo cheira a lã, a leite fresco. O corpo se apoia sobre o parapeito, olha o oceano abaixo, no sopé da colina. Escapo de suas mãos, equilibro-me sobre o peitoril, entre seu vestido e vasos de flores, contemplando a praia, a maré a subir. Ficamos assim os dois, a admirar, metros e metros abaixo, conchas trazidas pela espuma verde e peixes de pele prateada. E ela se vira, e deixa a janela, e caminha novamente em direção ao quarto, aos papéis, à escrivaninha. Toma um porta-retratos nas mãos e o investiga longamente, os olhos frios, pálidos. A foto é de uma menina, vestido vermelho, pés descalços, cabelo crespo e solto, um colar. A foto é de uma menina à beira-mar, caminhando sobre a areia ao encontro da objetiva, braços estendidos querendo romper a moldura. O corpo e a menina se contemplam.

Metros abaixo, no saguão do prédio, ele abre a porta. Ela não pode ouvi-lo, ainda. Ele abre a porta, dentro em pouco ela o ouvirá. Sentirá o cheiro, a cadência tão íntima à memória. Ele sobe os degraus em nossa direção, o peso de seus pés a ranger a madeira. Enrola o cachecol, abotoa o paletó, sopra as palmas das mãos com o vapor feroz dos pulmões e continua a subir, alto, resoluto, um pacote na mão esquerda enquanto a direita pousa sobre o corrimão. Como um arauto, seu cheiro já se anuncia. Desliza sobre toda a extensão do corredor, flutua sobre ladrilhos, insinua-se pela fresta da porta, ganha alturas e finalmente penetra as narinas dela, que se dá conta de que sim, sim, ele vem. Ele abre o quarto. Enlaço-me em suas pernas, sinto a textura do linho de suas calças e vejo-me refletido no verniz de seus sapatos.

Da soleira da porta, o homem percorre com os olhos o interior do aposento. Ela comprime os dedos, arruma os cabelos, caminha em sua direção. Antes de entrar, ele tira um novelo de lã do bolso e, sorrindo, lança-o para mim. A bola dispara sobre o assoalho e desaparece debaixo da cama. Salto para buscá-la; mas perco-me nas escuras, poeirentas e infindáveis passagens que se escondem sob o leito. Arrasto-me pelos tacos, farejo o novelo e, ao mesmo tempo, ouço os passos dele a ecoar pelo assoalho, indo e vindo, rápidos, confusos. Daqui de baixo, posso sentir seus sapatos percorrerem a superfície do tapete, caminharem aflitos até a janela e finalmente deixarem o quarto, descendo em fuga pelos degraus, atravessando o saguão do prédio, perdendo-se na esquina, ressoando baixo, cada vez mais baixo, sobre as pedras das calçadas.

Encontro o rolo de lã. Saio de baixo da cama, caminho altivo com minha presa entre os dentes, ansioso por mostrar meu feito. Mas ela, fria, estática, pálida no meio da sala, toma-me no colo, e a bola escapa de minha boca, perdendo-se novamente pelo chão. Resignado, enrolo-me em seus braços e sinto um óleo suave brotar de sua pele, correr sobre mim, penetrar meu pelo.

Metros e metros abaixo, a maré se levanta. O mar desperta. Ondas quebram nos recifes. Juntos, eu e ela deixamos o quarto e o prédio. Juntos, caminhamos ao longo da baía. Gaivotas planam contra o vento, mergulham em rasantes sobre nossa cabeça. Salto de seus braços e corro para a praia. Daqui, onde a espuma se desfaz, posso divisar ao longe a silhueta magra a vagar pela calçada, tendo ao fundo as torres e as cúpulas da cidade. Daqui, da areia úmida, posso ouvir a sinfonia de cantos e vozes que, como uma bruma, ergue-se do mar, passa sobre mim e flutua rumo à mulher.

E ela caminha, e me toma ofegante em suas mãos. Deixamos a praia, atravessamos a ponte e chegamos a um café. O canto do oceano nos precede, insinuando-se entre xícaras e poltronas. Rostos juvenis circulam solícitos a anotar pedidos; ela chama um deles, mas não é atendida. Estico o pescoço e perscruto o ar. Farejo o vinho, o escárnio, o açúcar e a mostarda. Farejo o tabaco, a avareza, a canela e a impaciência. Farejo a usura e a vergonha; a voracidade e a força; a temperança e o prazer;

farejo a boa-fé, a compaixão e o zelo a transitar, num mundo inundado de cheiros, por entre as mesas.

Ouço risos. No sofá ao lado, à beira da sacada, três mulheres nos olham. Uma delas, de vestido azul e tiara nos cabelos, apaga o cigarro, agacha-se e me chama com sinais. Outra, com sapatos esculpidos em pedra verde e lisa, mostra-me um anel que brilha em seus dedos. A terceira deposita pequenas conchas em um cálice, observando-as afundar no vinho. Corro para elas, deito-me de costas no assoalho e sinto mãos afagando minha barriga. Seus braços me erguem num sorriso, e seus olhos viram-se em direção à mesa de onde vim; viram-se em direção a ela.

Aninhado entre três mulheres, vejo-a sacar um caderno do bolso, tomar uma caneta e pôr-se a escrever sofregamente. O sol pousa na superfície de seus papéis. O canto do oceano sobe um tom, como uma música de fundo. As mulheres trocam olhares cúmplices e balançam a cabeça em assentimento. Levantam-se. Caminham em direção à mesa, carregando-me. Sentam-se, mas ela não nota sua presença. Ela escreve, e escreve, e páginas são preenchidas, viradas, preenchidas, lançando por todos os lados reflexos agudos de luz.

Os olhos das três mulheres se questionam. Escapo de suas mãos, deito-me em uma almofada vazia, acomodo-me e observo. Ela continua a escrever, o rosto frio, pálido, mergulhado no caderno. Mas a mulher de vestido azul toca delicadamente seu queixo com os dedos; a de pés esculpidos em pedra segura sua caneta; a terceira estende um cálice repleto de conchas e vinho, enquanto, com outra mão, alisa seus cabelos. E ela levanta os olhos, e se dá conta de que está amparada por seis braços, e olha para mim, deitado sobre esta almofada, a lamber--me. Daqui, posso vê-la fechar suas páginas, tampar a caneta, beber um gole da taça a ela oferecida, contemplar o imenso mundo à sua volta e, finalmente, falar, compartilhar segredos, embalada pela sinfonia de cantos e vozes que paira em torno das quatro sentadas à mesa.

Além da janela, depois da ponte, acima da baía, o sol se põe. Quatro mulheres conversam, e eu, refestelado sobre a almofada, observo-as pouco a pouco desaparecerem nos escaninhos de meu sono. Desperto com um baque de ondas, com gaivotas e o cheiro morno de mariscos. Acordo; um brilho me ofusca – o brilho do anel na mão que me segura. Em círculo na praia, descalças sobre a areia, quatro mulheres conversam, e eu, ainda meio adormecido nos braços de uma delas, sou depositado no chão como uma criança, enquanto as vejo começarem a retirar suas roupas peça a peça.

Após porem-se nuas, as três cercam-na, envolvem-na, e, juntas, despem-na, decifrando uma pele fria e pálida, há muito encoberta. Livram-na de seu xale púrpura, de seus brincos, grampos, soltam seus cabelos, e alisam-nos, e perfumam-nos, e penteiam-nos, retiram sua blusa, e a camisa de renda fina a se ocultar sob a blusa, e a saia, que, arrancada e lançada sobre a areia, repousa junto a um vestido azul, a um anel e a sapatos de um verde maciço e inescrutável como pedra. Nuas, lisas, longilíneas como o mármore esculpido em quatro colunas, as mulheres brilham, fustigadas pelo vento e pela chuva. Nu, braços estendidos em cruz, ele, o corpo, ou ela, o corpo, aninha-se entre elas, entre três corpos, que começam a conduzi-la, abrindo caminho em direção ao mar. A mulher de vestido azul ampara delicadamente sua cintura com os dedos; a de pés esculpidos em pedra, descalça neste momento, enlaça seus ombros; a terceira atira fora o conteúdo de um cálice, enquanto com outra mão sustenta seu queixo. O oceano se levanta. E ela ergue os olhos, e se dá conta de que, crescendo, escalando, envolvendo seus pés, calcanhares, tornozelos e joelhos, a maré alta pouco a pouco une-se a ela e a elas. Uma onda irrompe, quebra em seu peito, a empurra; ela vacila, mas uma delas mergulha, desaparece e ressurge, incentivando-a com acenos. Em círculos, gaivotas as acompanham. Corro em direção à água, mas o mar me repele com um jato de espuma; levanto-me e, após refugiar-me na areia seca, vejo ao longe um séquito de três cabeças a submergir, surgir, submergir, emergir, acompanhando uma última cabeça, a dela. Seu queixo, seus lábios, seu nariz, olhos e testa desaparecem; seus cabelos, antes de segui-la, abrem-se, ramificam--se, estendem-se pela superfície como filetes de uma alga. As mulheres submergem; não retornam. Mas de repente suas pernas ganham a superfície e voam rumo ao ar como arpões. Lançam-se, apontam para o alto. Estabilizam-se. Brilham. Tomam impulso e mergulham.

Gaivotas retornam à praia, o mar se deita, seu silêncio é plano e liso.

Metros e metros acima, como um arauto, um cheiro se anuncia. Desliza sobre toda a extensão das ruas, entre os telhados, insinua-se pelos jardins e canteiros da cidade, penetra minhas narinas e, daqui, dou-me conta de que sim, ele vem. Um carro surge, corta em disparada a colina, freia em frente ao prédio; ele salta – três homens de uma alvura reluzente o acompanham. Ele atira longe cachecol e paletó, golpeia feroz a porta do saguão e projeta-se escadarias acima, alto, resoluto, a mão esquerda trêmula enquanto a direita crava unhas e dedos na madeira do corrimão. Tênue, cada vez mais tênue, o eco dos sapatos dos quatro homens a correr e a subir reverbera pelos corredores, flui prédio abaixo e pousa amortecido na areia, até se extinguir próximo a mim. Caminho pela praia; levanto orelhas, aguço ouvidos, mas perco minha pista. A maré sopra uma brisa fria. De repente, como o refluxo de uma onda, o cheiro dele, de seu suor, brota do cume do edifício, invadindo-me e mesclando-se à transpiração de seus companheiros. Acre, cada vez mais acre, o odor dos quatro cresce em intensidade, à medida que eles descem passo a passo os degraus, arrastando-se, ofegando, interrompendo e retomando a marcha, enquanto carregam consigo um volume.

O cortejo de corpos masculinos enfim deixa o saguão, liderado por ele, a amparar a extremidade de um peso estendido ao longo de oito braços tensos. Recoberta por um lençol, envolta pelos troncos daqueles que a sustentam, a massa paira em meio a seus carregadores, que a conduzem até o carro, depositam-na numa maca e afivelam-na com cinturões. Três dos homens, de uma alvura que fere e reluz, afastam-se, caminham de costas pela calçada, as mãos cruzadas, a respiração contida. E ele, frio e estático em frente a um volume rígido, desembaraça-o com cuidado das correias e cintos que o enfeixam, levanta o lençol, e pouco a pouco os cabelos pendem e ramificam-se na tarde, e a testa, os olhos, o nariz e o queixo emergem. Sondo o ar. Estirado sobre uma maca a lhe servir de leito, ele, o corpo, ou ela, o corpo, cheira a vácuo e a ausência.

Monte Castelo

"Escrever é tantas vezes lembrar do que nunca existiu."

Clarice Lispector

I

Também havia as manhãs de névoa em que as mãos de meu avô eram meu único ponto de apoio. Saíamos logo cedo, bem antes do café, os restos da madrugada se debatendo contra o sol. Descíamos a Marechal Floriano rumo à padaria. No caminho, vez ou outra, eu soltava sem querer as suas mãos e me via colhido pelo repuxo daquela maré cinzenta que preenchia cada rua, cada beco e casebre, cada praça, quintal, descampado, avenida. Sozinho, eu começava a ensaiar o choro até que – hoje lembro claramente – deparei pela primeira vez com o coreto: uma construção circular de tijolos, ferragens verdes e vermelhas, um telhado cônico e balaústres que pareciam torres de uma fortaleza. Hoje recordo, hoje sei. De lá, após subir os degraus de sua escada em caracol, eu me encastelava isolado nas alturas, assistindo, como se estivesse no mastro da gávea, a batalha travada entre noite e dia. Réstias de sol atingiam a neblina, que retrocedia, enovelava-se em si mesma, dando a impressão de bater em retirada para depois, de súbito, sem que eu pudesse perceber, contra-atacar a praça. Uma escuridão cinza tomava de assalto novamente o mundo, o choro que esqueci irrompia em toda a sua força, e minhas mãos se recordavam do toque das mãos de meu avô: para vê-lo emergir do nada, saltar à minha frente dizendo aquilo que foi, talvez, a primeira frase que gravei, ele disse "Meu bem". Já passou, meu bem. Seguimos os dois, mãos unidas, entrelaçadas, a ladeira e os caminhos a se fundirem na luz do princípio do dia; e ao chegar em casa, após deixar sobre a mesa o embrulho de manteiga e pães franceses, percorríamos em silêncio o corredor em direção ao quarto, e ele me depositava sobre a cama e me cobria, enxugando meu rosto com um lenço. Depois, sorrindo, caminhava até a cômoda, retirava da última de suas gavetas um embrulho de veludo, e desdobrando-o cuidadosamente trazia à superfície uma coleção de moedas, liras italianas, ele disse. "Um dia serão suas. Trouxe-as da guerra." E para terminar de me acalmar falava sobre seu embarque num porto do Rio de Janeiro, de como a baía tremulava com o som das bandas, as bandeiras verde-amarelas e os fogos de artifício, e contava que o brilho no dorso das moedas que reviro agora entre meus dedos lembrava o dos peixes que os acompanharam até mar aberto, mar adentro, até que a vista não divisasse mais o continente e seus limites.

Eram os primeiros tempos. Nas manhãs, quando as ruas apagadas recobertas de sereno fumegavam, eu via a figura dele, como ainda agora a vejo: alto, deixando aos poucos de ser magro, de boné com abas recobrindo as orelhas, o pescoço assentado num cachecol xadrez e um pulôver de lã verde a abrigar seu tronco. Tinha apenas cinquenta anos. Mas aos meus olhos parecia mais antigo do que tudo. Virávamos a primeira esquina, todos os dias, por volta das dez para as seis, quase sempre os únicos habitantes despertos de nossa rua. Então eu via os cães. Furtiva, sem se dar a conhecer, olhos brilhando como pedras engastadas em anéis, a matilha rodeava o velho e o menino. Eu não os temia, porém. Queria abraçá-los. Desvencilhava-me novamente de meu avô e galopava solto pela névoa, pendurando-me ao pescoço do mais encorpado dos cachorros para logo depois sentir o espasmo, o ganido, a contração de dor e a fuga que vinham como reação à pedra. "São sujos, perigosos, nunca faça isso." E seguíamos. Mal sabia ele que, transmutando aos meus olhos os cães em inimigos, ele sem querer escrevia o primeiro ato de minha longa guerra particular com o mundo, da qual ele próprio, tempos mais tarde, também participaria.

Nas férias seguintes, quando retornei à sua casa e de minha avó, quase não podia me conter no ônibus. Viajávamos, minha mãe e eu, há várias horas. Ela na janela, a vista perdida sobre campos forrados de plantações. Eu no corredor, folheando um caderno de desenho preenchido a guache durante todo aquele ano. Ansiava por mostrar a ele os retratos que fizera de minha casa, de minha escola, das mudas de árvores acolhidas no jardim. E dele próprio, velho, sozinho, curvado sobre a cômoda, manipulando seu maior tesouro entre as dobras do veludo. As moedas: eu as pintara vagas, imprecisas, borrões de cobre, de prata e tinta, sem qualquer detalhe ou emblema que as distinguisse. No quarto, após ser recebido em festa na rodoviária (ele não pudera se conter e praticamente invadira o ônibus), acomodado como um rei entre as cobertas, surpreendi--me ao notar que os discos a mim novamente entregues não eram lisos, mas tinham faces revestidas com imagens: varas agrupadas em feixes, efígies de um homem de perfil, estandartes, machados, águias em relevo. Meu avô guardou as moedas no embrulho e disse: "Descanse, durma, sairemos amanhã". Mas ele próprio não dormia. Mesmo do interior de meu sono, eu tinha a plena consciência de que ele ainda estava ali, sentado à beira de minha cama, velando as poucas horas que nos separavam do primeiro passeio juntos. "Esses dois, todos os dias, a mesma coisa, o mesmo caminho, parece uma via sacra." Minha avó não perdia a chance. Porém, à medida que preencho com palavras esta folha em branco, fazendo de alguma forma as pazes com aquela velha seca e dura, concluo que ela, por vias tortuosas, estava certa: pois algumas coisas que seu marido e eu presenciamos tocaram a fímbria do sagrado. Lembro que, certa vez, eu acariciava as barbas longas, brancas, de um homem adormecido numa urna, e meu avô, que se agrupava com outras pessoas logo atrás de mim, me puxou quase violento para bem longe daquele ser inerte, desculpando-se com seus parentes, dizendo a todos que nunca deveria ter-me trazido ali, tentando de todo jeito desviar minha atenção do instante em que caiu a primeira pá de terra. As pás caíam, implacáveis, mas eu já não as ouvia, pois a voz dele me transportava para Nápoles, e contemplei o porto e a massa imponente do Vesúvio, e vi meu avô na casa dos vinte e poucos anos numa manhã de sol, desembarcando com seus irmãos de armas. A viagem fora longa, ele disse, mas quando chegaram ao mar Mediterrâneo, quando enfim cruzaram o estreito de Gibraltar ("Um dia você o verá com seus próprios olhos"), aqueles homens já sabiam estar perto do que os aguardava.

O velho e o menino caminham para casa. Um cão atravessa a rua. Eu me retorço de terror e medo. "Não é para tanto, não é para tanto." Alçando-me ao seu colo, ele recostou minha cabeça em seu ombro e relembrou a caminhada de Nápoles a Agnano, a primeira no novo país. Falou da praia cuja areia fora forrada em toda a sua extensão por pedras, das moradas de pescadores escalando as colinas, da ilha de Capri, distante, ao fundo, flutuando. Eu flutuava protegido em seus braços, mas logo pedi a ele para de novo estar no chão, pois o perigo já se fora e a casa surgiria dentro em pouco na próxima esquina. Pois havia a casa: de madeira, como eram quase todas naquela época no sul do Brasil, guarnecida por uma cerca baixa, assentada no meio de um terreiro, tendo ao fundo um galpão fechado a chave. Era lá, no galpão, o único território em que meu avô não permitia a presença de qualquer pessoa além dele próprio. Era lá a única fronteira vedada até mesmo a mim.

Todos os dias, por volta das três da tarde, logo após seu banho, ele saía pela porta com os cabelos pretos ainda úmidos e um maço de papéis nas mãos. Atravessava as pedras do quintal e se trancava durante horas naquela construção de tábuas. Voltava no limiar da noite, ainda absorto em pensamentos, quedando-se silencioso ao meu lado e sem notar a presença do menino que se sentara junto a ele na mureta próxima à cozinha. Era lento seu retorno ao mundo; e no instante em que, ao fim de alguns minutos, parecia recordar-se do tempo e do espaço em que se situava, pousando a mão direita em minha mão, recolhendo os papéis em uma pasta e sentenciando: "É hora de jantar"– era nessa exata hora que entrávamos os dois naquela casa, e víamos as duas mulheres, mãe e filha, cada vez mais hostis uma à outra, frias, separadas, como estiveram desde sempre ainda que dividissem a mesma mesa. Era sempre assim. A festa dos primeiros dias logo após nossa chegada não demorava a ceder lugar a um ar áspero, penoso de se respirar. E com o tempo, elas, feitas da mesma matéria e carne, tão semelhantes em tantas coisas e talvez por isso mesmo irredutíveis, inconciliáveis, cessavam a conversa, delimitavam espaços, calavam-se. Dias se passavam. Entro na casa com meu avô e as encontro na lembrança: estavam na sala, sentadas em vértices opostos, rostos colados à janela, protegidas e margeadas por móveis, aguardando-nos, os dois, para o jantar. Tão semelhantes: magras, cabelos negros emoldurando ângulos retos de seu rosto, mãos contraídas sobre o colo, costas rígidas, retesadas, prontas para o combate. Sua visão – penso hoje – me lembra talvez a de uma única mulher cindida. Quando a fase de luta fria se esgotava, cedendo por fim lugar aos gritos, às ofensas, às lágrimas, meu avô e eu tratávamos de prolongar ainda mais os passeios. Muitas vezes, conversávamos. Noutras, nos sentíamos perfeitamente à vontade nos silêncios, e talvez seja por isso que até hoje a ausência de qualquer som me conforte. O silêncio. Sempre o busquei. Dia a dia, o silêncio se tornava mais e mais rarefeito, a ponto de não adiantar passarmos às vezes longas horas pelas ruas, pois ela, a batalha, ela já eclodira, e a sentíamos mesmo de longe pulsar em nós: transbordando os limites, cruzando a cidade, nos atingindo como uma vaga, selando, ainda que temporariamente, o fim. Voltamos. Abrimos a porta. Minha mãe aprontava as malas.

II

Quatro anos se passaram. Nesse intervalo, tantas vezes eu o vi ao fechar meus olhos, sua imagem nítida como o mundo real, descerrado diante de mim. Ele negociou por longo tempo a trégua, verdadeiro embaixador entre mãe e filha, cujos longos e pacientes argumentos entregues mês a mês pelo correio foram, penso eu, os maiores responsáveis por anestesiar feridas. Retornamos, enfim. Quando o vi novamente na rodoviária, assistindo-o acercar-se da plataforma a passos tímidos, a impressão que tive não foi exatamente a de que um homem fraco, gasto, substituíra o de minhas memórias. Não. Era idêntico seu porte. Mas, ao contrário da primeira época de minha vida, eu sentia agora a inexplicável sensação de poder contê-lo entre meus dedos, de esboçá-lo, defini-lo. Como se, pela primeira vez, ele fosse circunscrito por limites. Conversamos muito nos anos em que estive ausente. Foi a época em que aprendi a codificar a fala numa caligrafia desenhada, lenta. Levava horas para preencher uma folha, que minha mãe colocava sem ler num envelope e despachava no correio, juntamente com sua posição nas negociações de paz. Demorou muito até que retornassem as ligações por telefone, mas eu, orgulhoso de meu novo dom, sofria menos do que se poderia imaginar, pois era dele a voz trazida pelas cartas que chegavam todo mês, toda semana, às vezes. Junto à resposta destinada à filha, havia sempre um envelope menor, colorido, que minha mãe me entregava para que eu lesse só, sem interferências. Naquela guerra, ao menos em seu início, pouparam-se os inocentes. Conversávamos, eu e ele, confiantes. E ao finalmente chegar à rodoviária – meu corpo fatigado, minhas pernas adormecidas – eu me perguntei qual seria a razão para esta súbita reserva que nos assaltava aos dois, neste tão aguardado reencontro. O ônibus manobrou, estacionou, descemos eu e minha mãe na madrugada. Uma brisa de gelo riscava a pele dos homens. Meu avô nos acenou do ponto de táxi, pessoas o acompanhavam para ajudá-lo com as malas. A caminho de sua casa, posicionei-me no banco de trás, bem entre os dois, enquanto sombras de paisagens familiares – um coreto, uma praça, uma ladeira – desfilavam pelas janelas. Minha avó nos aguardava com café e bolos, todos se sentaram, a conversa protocolar ia aos poucos degelando, e quando a mulher mais velha e a mais jovem cessaram enfim de se estudar e baixaram a guarda, o toque das mãos dele em minhas mãos disse que já era tempo de nos retirarmos, de deixá-las se acertar a sós. Percorremos em silêncio o corredor em direção ao quarto, ele me depositou sobre a cama e me cobriu.

Amanheceu: o mundo, sua repentina transparência, me surpreendiam. Pela janela vi a rua. Livrei-me do cobertor, sentei-me na cama, vasculhei a casa com os ouvidos. Aguardei; meu avô virá? Acordei às dez para as cinco, como se meu sono, dispondo de uma memória tátil, houvesse reconhecido a textura dos lençóis, da cama e do colchão de molas, sabendo ser esta a hora costumeira de se levantar; e como se meu corpo, ignorando o longo período que havia passado distante daquele quarto, desejasse se adequar aos mesmos ritmos e hábitos de outras épocas. Meu sono, meu corpo, ambos eram solidários em compartilhar comigo a angústia da espera, que finalmente cedeu quando ouvi passos no corredor, ainda que pausados, hesitantes. Alguém estacionou por um longo tempo em frente à minha porta. Mesmo à distância, ouvia-o respirar. Ele também me escutava, e após segundos que se dilataram e estenderam a maçaneta girou, as dobradiças cederam, quatro anos se dissolviam, saímos, e por um breve instante pensei estar de volta ao ponto de partida, navegando em manhãs de névoa opaca e densa, no tempo de minhas primeiras memórias.

Mas me enganei. A rua em que caminhava é ampla, translúcida, distinta da evocada em pensamento. Meu avô chegou a me segurar pela mão direita, mas logo a soltou; e seguimos lado a lado, como dois barcos em águas calmas e sem riscos. Descíamos a ladeira, parávamos um instante para conversar na praça. Ele me exibia aos amigos e parentes, falava e contava histórias sobre o neto que de repente o abandonava, se distanciava de todos, se aproximava do coreto, galgava escadas e contemplava, do cume daquela construção, o panorama de uma cidade que se desvendou como um mapa do mais minucioso dos cartógrafos. Claro, desde o princípio tudo sempre esteve ali; mas só naquele instante eu via: ruas pobres, ramificando-se pela terra plana a perder de vista. Sentia cheiros: de café, de bolos de fubá recém-assados, de grama fresca e úmida. Ouvia sons: barracas de feirantes se erguendo, martelos, carroças, portas corrediças.

A realidade aos poucos entreaberta se desvendava com rapidez cada vez maior aos meus sentidos, rostos com pele curtida e recortada pelo calor circunavegavam o coreto, tomavam bancos, estendiam-se sonolentos pelos meios-fios, ocupando cada palmo da Praça da Matriz. Acompanhavam, talvez, a progressão dos sinos e dos relógios da igreja em frente. Que batiam sete horas, sete horas, fazendo com que um burburinho eletrizasse a multidão e acelerasse ainda mais seus movimentos. De novo, como há muitos anos, o braço de meu avô atravessou o vão entre dois balaústres e me ofereceu ajuda. Desci. Subimos juntos a velha Marechal Floriano, nas mãos o embrulho de manteiga e pães franceses.

Foi na tarde daquele primeiro dia juntos que tive acesso ao galpão. Depois do almoço e do banho, após se despedir de todos e atravessar a trilha do quintal com seus papéis, ele se deteve e, sem explicar suas razões, fez sinal para que eu entrasse. Acendeu a luz. Era um espaço simples, forrado com dois tapetes, em cujas paredes prateleiras envernizadas abrigavam alguns livros. Ao lado da escrivaninha, dois armários. No interior de molduras, mapas, cartões-postais, fotografias em preto e branco. Um abajur iluminava minhas costas; vi também uma poltrona, uma mesa de centro, uma máquina de escrever. Meu avô me indicou um banco. Sentei-me. Embora em nenhum instante tivesse exigido que me calasse, pensei que a postura mais correta fosse reprimir qualquer ruído.

Temia – sem motivos, o que não poderia saber ainda – que qualquer barulho meu profanasse seu sossego, fazendo-o mudar de ideia e pedir que me retirasse. Ele caminhou até as estantes; retornou com um volume vermelho encadernado em couro, abriu-o em uma página aleatória, colocou-o em minhas mãos sem qualquer palavra antes de me voltar as costas e se curvar sobre a escrivaninha. O livro – era vasto, largo, com uma base ampla que me permitiria depois, em minhas brincadeiras, colocá-lo de pé enquanto o lia – me pesava sobre os braços. Decidi me deitar no chão. Virei as primeiras páginas, li o primeiro, o segundo capítulo, e era como se ao ritmo das folhas também passassem os dias sem que me desse conta, segunda, terça, sexta, ao mesmo tempo que se sucediam os temas daquele que na verdade era o primeiro volume de uma enciclopédia. Ou talvez deva dizer: uma janela aberta. Uma fenda em frente à qual desfilavam geografias, continentes, descrições sobre o átomo e a estrutura das moléculas, histórias sobre os primeiros habitantes do planeta e muitos outros tópicos que entretinham meu olhar na quietude de tardes longas e felizes. Meu avô e eu, em silêncio no galpão: raramente conversávamos. Às vezes o interrompia para descrever alguma descoberta, e soerguendo o corpo com uma expressão risonha ele se dirigia até mim para ouvir falar sobre os etruscos, a eletricidade, as cruzadas ou a máquina a vapor. Aproveitávamos nosso tempo juntos, pois tínhamos, de alguma forma, a consciência de que ele era escasso, de que já nos escorria pelos dedos. Ao fim de cada tarde, ao retornarmos juntos para casa, farejávamos o estranhamento, a tensão no ar, quase palpável como uma aura de calor, se irradiando entre as mulheres. Sabíamos; era inevitável; tudo explodiria novamente. A violência que desde sempre engolfou a ambas parecia ser mais poderosa do que seu desejo de tranquilidade e paz. Parecia derivar de correntes profundas, leis imutáveis, arcanos mais fortes que a vontade.

Virei uma página do livro: minha voz de criança falou a meu avô sobre o mito de Caronte, o barqueiro, o responsável, segundo os gregos, por transportar as almas até o reino dos mortos. Mostrei a pintura do ancião magro conduzindo seu bote pelas águas do rio Estige, amarrando-o aos pinos do ancoradouro, repousando todo o peso de seu corpo sobre o remo. Caronte contempla as margens; aguarda a chegada do primeiro passageiro. Exigirá, porém, uma moeda como pagamento, e aquele incapaz de fornecê-la será condenado a vagar durante cem anos pelo limbo. As moedas: conto que era costume colocá-las na boca dos que morriam, bem rente à língua, de maneira que as pudessem ofertar ao condutor e garantir sua travessia; para que repousassem, enfim. Meu avô se levantou, lançou-me um olhar esquivo e disse: "Já é hora de sairmos". À noite, pouco antes de dormir, surpreendi-o ao lado da cômoda, sentado numa cadeira, tendo sobre o colo um embrulho de veludo no qual brilhavam discos de prata e cobre vindos de uma

Europa distante, filhos da guerra. No dia seguinte eu voltaria à carga, caminhando agitado sobre os tapetes do galpão, falando-lhe quase em voz alta sobre episódios que acabara de descobrir e que se relacionavam diretamente às efígies, às águias, aos feixes e estandartes que adornavam suas liras italianas (um dia seriam minhas). Virei mais uma página: contei sobre o Eixo, os Aliados, o massacre da Polônia, as batalhas de Taranto e de Berlim. O velho fechou seu caderno, se distanciou de minha presença e me contemplou impassível, como se pressentisse entre nós, em torno de nós, abaixo e em infinitas profundidades sob nossos pés uma força que lhe falava por meio da voz do neto, e que, dentro de poucos instantes, iria fatalmente dizer-lhe um nome, como digo – ou escrevo; ou relembro – agora: "Monte Castelo". Ele me deu as costas; deixou o galpão. Fiquei só até cair a noite.

Nada seria o mesmo a partir dessas palavras. Ele emudeceu, entrincheirando-se numa reserva que atingiu a todos nós. Sentou dias inteiros na varanda, meditativo, contemplando a fumaça do cigarro subir em espirais. Não mencionava nossas tardes de escrita e leitura que se interromperam; não proferia frase alguma além de poucas e mecânicas sobre o tempo, o almoço, os vizinhos; não tomava atitudes que rompessem a imobilidade e a letargia. Eu me sentava aos seus pés, no piso frio de azulejos, arrastando com exagero meus brinquedos de uma maneira que nunca fiz, com o único intuito de acordá-lo, trazê-lo novamente a mim. De nada adiantava. Num fim de tarde, porém, ele se viu forçado a despertar. Tragaram-no, implacáveis, as batidas dos passos das mulheres, o estrondo das portas e das janelas, as expressões angustiadas de sua esposa e de sua filha. Sim; faltava pouco: isso é o que diziam nossos olhares quando se cruzaram. Retornamos ao galpão. No entanto, em vez de me entregar a enciclopédia costumeira e pôr-se a escrever, meu avô pediu que eu me sentasse em seu lugar na escrivaninha. Acendeu outro cigarro, abriu um pequeno armário trancado a chave, pousou sobre a mesa uma coleção de postais, diários, fotos: o domo da Catedral de Florença, as muralhas dos Apeninos, os becos medievais de Castelnuovo, o cemitério de Pistoia. Tentei quebrar com perguntas o seu silêncio, mas ele se limitava a colocar o braço esquerdo sobre meu ombro, como a me pedir calma, calma, tudo a seu tempo. E prosseguia ele também calado, solene como quem enverga uma farda, abrindo pastas, arquivos, revelando pouco a pouco documentos, como se medisse cada palmo do terreno que pisávamos. Chegou a ensaiar uma, duas palavras, mas se deteve: viu meu sorriso aberto diante de uma série fotográfica sobre Pompeia, e seu rosto se iluminou quando enfim começou a falar e descrever detalhes sobre a vila soterrada por uma erupção do Vesúvio, e por isso mesmo preservada intacta durante séculos. E hoje, ao relembrar uma das últimas épocas de minha vida em que vi meu avô, sinto-me a escavar meu passado como um arqueólogo que remove camadas e camadas de cinzas vulcânicas, e descobre, fascinado, a cada metro que se aprofunda, ruas, palácios, mercados e praças de uma imponente cidade romana; mas que, no interior de suas construções, também tropeça em corpos rígidos, retorcidos, duros como pedra. Veio o tempo da guerra. Seu estopim foi o dia em que saímos os dois, como de costume, pela manhã. Um cão atravessou nosso caminho – pesado, corpulento, dorso cinza e olhos que exibiam uma hesitação semelhante à minha. Interrompi o passo. Meu avô se impacientou, disse ser mais do que chegada a hora de se livrar dos medos. Chamou com assovios o animal, que se aproximava vagaroso, seus passos traçando sobre o solo uma trajetória de semicírculos. Então o toquei; vasculhei com os dedos sua cabeça suja, ossuda e de pelos rígidos, mas quando o encarei sem querer nos olhos ele se assustou – e num curto, diminuto, quase imperceptível decurso de tempo foi como se minha substância e a sua se tornassem uma, entrassem em choque, colidissem: não me lembro ao certo, mas a impressão que tenho hoje é de que tudo durou pouco, tão pouco que sequer tivemos chance – aquele cão e eu – de refletir; arranquei a mão esquerda aprisionada entre seus dentes; e antes que pudesse respirar já me vi erguido e resgatado por meu avô, que chorava e tentava estancar o sangue. No hospital, após me acalmar e tomar os pontos, encontrei pai, mãe e filha me aguardando, sentados no saguão. Não falamos nada até voltar para casa.

Há limites para a coragem. A minha não é tão grande a ponto de eu reproduzir, aqui, o teor de tudo o que foi dito, quando finalmente se falou. A porta do galpão vazio foi deixada aberta durante vários dias. Depois que eu lá ousei entrar por minha conta e abri meus livros, acomodando-me na escrivaninha, perguntei-me quais seriam as razões de meu avô para nunca mais me acompanhar. A resposta não tardou a vir sob a forma de gritos que ressoavam pela casa, e em cujo choque inicial eu podia distinguir, cortantes, incisivas, a voz de minha mãe, a voz de minha avó. Começara. As armas, os instrumentos, os mecanismos de execução daquela guerra foram elas, as palavras. Até hoje, por vezes, algumas daquele tempo ainda emergem em mim: ocupam espaços que descuido em deixar desabitados. Sentei sozinho no galpão durante várias tardes, escutando a batalha, suas táticas e estratégias, avanços e recuos. E me surpreendi quando um dia ouvi outra voz, que quebrava o ritmo dos embates; era a fala dele, dessa vez em tom distinto, em nada semelhante ao que nos habituáramos. Rompera a neutralidade, o mutismo, a brandura aquela voz, ela que em tempos anteriores raramente se fizera ouvir e que desferia neste instante golpes duros como os trocados pelas outras duas, caindo como uma lâmina sobre as demais vozes, e delas recebendo contra-ataques em flancos frágeis, imprevistos: sons de uma tarde de setembro, em que o vento se assemelhava ao de hoje, a este que entra por minha janela, e que transporta vivas, nítidas, as vozes e a presença de todos eles, tragadas pelo sorvedouro. Até que se fez novamente o silêncio. Sim. Até que se faz, novamente, e hoje, o silêncio.

Quando nos despedimos, meu avô me beijou a mão.

III

Minha mãe morreu numa de suas muitas tentativas de retorno às origens, à casa de seus pais, nos anos que se seguiram.

IV

Outro dia desses, velho, escrevi tua história. Havia trabalhado até tarde, lutando contra as frases, tentando encontrar o melhor molde para dizer: "Morreu retornando às origens, nos anos que se seguiram". Escrevi que, ao sair daquele enterro, estávamos nós dois culpados pela sensação de alívio que traz todo corpo quando baixa à terra, encerrando o ciclo de remorso, dor e lágrimas que se estendera até ali. Contornávamos, você e eu, as fileiras de árvores daquele chão sem calçamentos, evitávamos a presença de todos – poucos – os que compareceram. Eles se distanciavam. Sem necessidade de falar, sabíamos que nos irritavam nas vozes daquele grupo as menções ao "pecado", à "alma" e a outros mistérios insondáveis, circulando levianas por bocas de parentes, de beatas, de curiosos; daqueles que, mesmo sem conhecê-la, sem nos conhecer, estiveram lá, sabe-se lá por quê. Não me recordo ao certo. Mas penso que foi quando finalmente ensaiei falar que tu cortaste de forma brusca meu discurso, tomando minha mão, conduzindo-me por vias paralelas até alcançarmos um dos portões laterais. Já do lado de fora, após se assegurar de que estávamos livres do cortejo, começaste um relato ansioso, acelerado, quase sem sentido sobre... sobre... nada é muito claro para mim mesmo hoje: mas lembro que falavas algo sobre o dia da saída do quartel, sobre um trem em que blocos de aço soldaram-se às janelas de maneira a impedir a visão de todos os que ali entravam; estes mesmos homens que, encostados, lacrados uns de encontro aos outros, punham-se agora em movimento. Um oficial discursava no corredor, falava sobre uma missão de rotina, sobre a mudança para outro centro mais próximo do Rio de Janeiro, foi por isso que instruímos os senhores a trazerem uniformes, equipagem, tudo. Ao fim de uma hora, o trem interrompeu a marcha. Os soldados entraram em vários ônibus, que partiram enfileirados. No porto, o navio se diluía numa vastidão deserta, seu perfil se recortando contra a noite. O mesmo oficial liderava a escalada quase às cegas pela rampa de embarque, infundindo ânimo: por motivos de segurança não se informou aos senhores a data da partida. No convés, luzes, ruídos que brotavam da casa das máquinas; o casco que tremia com o baque da corrente humana, tomando o navio; e as escadas, a descida ao porão, e as centenas de corpos amontoados sobre beliches, pendurados quase junto ao teto, preparando-se para a travessia. Marinheiros levantam âncora. Marinheiros gritam. Marinheiros correm sobre toda a extensão do barco, despertando-o, animando-o, distendendo-o como um espelho a refletir a cidade em sua superfície. Escrevo sobre tua dor, a dor que sentiste ao confessar-me estar vazio o porto naquela ocasião, assegurando-me porém que eles, os peixes, eles de fato existiram, foram verdadeiros; seguiram o navio em cardume até se perder de vista o continente na manhã. Depois, o que restou em todos os soldados foi o pensamento de que abaixo, em torno e em infinitas profundidades sob os teus pés rondavam submarinos de Berlim, singrando o Atlântico como predadores. Dias se passavam, idênticos. Dias. Sempre os mesmos. Rumores de um possível desembarque na costa da África desceram ao porão, a tropa se excitou, mas logo recebeu a notícia de que em breve se cruzaria o estreito de Gibraltar. Nem tiveste tempo de vê-lo, ou vê-las, elas, as colunas de Hércules sobre as quais tanto me falaste. O Mediterrâneo trouxe consigo o sol, Nápoles, Capri e a descida pela rampa do navio rumo à praia, tendo ao fundo um Vesúvio coroado de nuvens brancas. Oficiais deliberavam, rostos apreensivos. Olhavam em tua direção e na dos outros. E a tropa marchava enfim, vacilante em seus primeiros passos, quase impelida ao léu pelas correntes e pelos ventos marítimos que restaram. Era fria a noite. Na caminhada rumo a Agnano, às margens da trilha de terra, vultos de homens velhos assomavam às portas e janelas, iluminados por lamparinas, bebericando um líquido que, mais tarde, tu descobririas ser vinho quente misturado a mel, para preservar a voz. O comando tentou tranquilizá-los, guardar segredo, mas por qual razão não lhes foram ainda concedidas armas era a pergunta que circulava, indo e vindo, por todas as colunas que avançavam solitárias, cortando os campos, adiante, de mãos vazias, limpas. Um dia desses, velho, escrevi sobre como tu fizeste uma pausa em teu relato neste ponto, tomando fôlego, retirando do bolso o canivete com que picaste o fumo, para semear o interior da palha e então dizer: "Nos confundiram com prisioneiros alemães". A tropa americana os cercou no escuro, fuzis engatilhados, baionetas caladas, indecisa diante de teus uniformes, tão semelhantes aos da *Wehrmacht*. Dissipada a dúvida, integrados finalmente ao IV Exército, a instrução foi de partir numa longa jornada rumo a nordeste, aos Apeninos, para que se alcançasse a cadeia de montanhas antes de dezembro e do inverno. Ao longo do percurso, os daquela terra lhes relatavam algo em palavras estranhas, rebuscadas, cujo sentido, embora oculto, se assemelhava quase sempre o mesmo, ainda que trocando de roupagem conforme região, dialeto, língua. Até que, numa tarde em que a tropa descansava e comprava pães, um filho de imigrantes da Calábria finalmente identificou e traduziu o que diziam as vozes: *linea*, linha, *linea gotica*:

os poucos velhos que bebiam vinho àquela hora saíram da mercearia, apontaram e gesticularam em direção aos flancos, ao dorso, aos cumes das montanhas que separam a costa do Adriático e a do mar Tirreno, mostraram os picos rochosos dos Apeninos, que ocultavam uma linha de fortificações alemãs de aço, ninhos de metralhadoras, comboios-automóveis, divisões blindadas e soldados vindos da frente russa, irradiando auras de calor.

Dias. Outros dias. O inverno parecia ultrapassá-los, sobrevoar cabeças, sem no entanto descer à terra, preferindo aguardar adiante. As vilas se sucediam: Massarosa, Camaiore, Ghilardo, monte Prano. Os dois primeiros meses foram de avanços. Furtivas, sem se darem a conhecer, olhos brilhando como pedras engastadas em anéis, as patrulhas inimigas cediam aos primeiros choques, recuavam para as cordilheiras. Havia intervalos de tempo em que se atravessavam as terras de ninguém, em que o próprio ar acumulava camadas de imobilidade sobre casas em ruínas. Havia outras horas, contudo, em que destacamentos avançados eram colhidos de surpresa; e de longe, nas fileiras da retaguarda, tu sentias bater nas têmporas o ruído dos morteiros pontuando o mesmo ar. Mas o avanço prosseguia. As tropas do IV Exército se estendiam sobre a península, envolvendo, cercando os Apeninos. Rochas esparsas cediam lugar a maciços sólidos, cujos perfis se insinuavam cada vez mais próximos, como muralhas se elevando na penumbra. Surgiram as trilhas, margeando as montanhas. A temperatura caiu. Montou-se acampamento. Mais além, a intervalos constantes, ainda incapazes de atingi-los, tiros de artilharia.

E da mesma maneira como, muitos anos depois, caminhando sobre os tapetes do galpão de tua casa, com um livro quase de meu tamanho a me forçar os braços, eu te diria este mesmo nome que escrevo – ou relembro – agora: "Monte Castelo", o tenente responsável pela instrução do fim de tarde reuniu a companhia sob um toldo à beira das encostas, enquanto a primeira neve de dezembro vergava a lona sobre tuas cabeças. "Monte Castelo", ele também disse. Mas poucos de fato o ouviram. Poucos o escutaram discorrer sobre o propósito, as dificuldades, os riscos e estratégias e providências a cercarem a missão, pois teus olhos e os de todos os outros pairavam quase incrédulos neste instante, contemplando uma camada branca nunca antes vista a recobrir o mundo, a insinuar-se por entre a proteção das botas, barracas, fardas, congelando a copa das árvores, quase como um lume que arde às avessas, desprovido de calor ou chamas, mas ainda assim capaz de queimar, marcar a pele. Na manhã seguinte, o tenente disse, tudo começaria. A missão tem como objetivo tomar um posto avançado dos alemães, partir uma das vértebras da espinha dorsal de seu corpo de guerra nos Apeninos: o monte Castelo. Escalar, conquistar, impedir a retomada dessa montanha – ela já se desenhava ao longe, à medida que a tropa avançava, subia pelas trilhas – seria assegurar

81

uma passagem sólida para a chegada dos Aliados ao norte e até Bolonha. Hoje, à beira de meus quarenta anos, lidando com meus próprios medos – o médico que acaba de me ligar, dizendo que deseja conversar pessoalmente sobre o resultado dos exames; a falta de sentido que por vezes pesa sobre minhas horas –, penso no que deveria escrever sobre o que passou por tua cabeça na marcha rumo ao monte. Mas digo a mim mesmo que devo simplesmente ser fiel, leal a ti, à tua voz, velho; pois na primeira e única vez que ela me relatou aqueles acontecimentos, de forma rápida, apressada, olhando para os lados, talvez consumida pela urgência em falar e a certeza de que os desdobramentos do enterro de sua filha e minha mãe conduziriam nossas vidas para rumos opostos – como de fato o fizeram –, o que disse essa voz foi isto, apenas isto: "Seguimos".

Foi de manhã o primeiro ataque. A montanha se tornou mais clara, luminosa, parecendo querer ceder seus flancos ao avanço dos batalhões. O exército a escalava palmo a palmo, envolvendo-a em seus ramos, apertando-a em seus braços, nela tentando cravar balas e trincheiras e raízes. A montanha de início se curvou; e nem o estrondo das bombas explodindo de encontro às rochas, nem os corpos que tombavam contornados em sangue eram suficientes para banir o breve pensamento de que tudo poderia, ainda hoje, chegar ao fim. Alguns poucos de vocês atingiram o cume. Mas antes de pensar em celebrar, foram arremessados pelos ares por aquela massa de pedra e terra que reage; a montanha se enfurece, ganha vida, alimentada pelo fogo das divisões de artilharia alemãs. Repele e expulsa o exército, que rolou em debandada pelas escarpas, caindo sobre o vale, refugiando-se novamente em sua base.

Havia sons e ecos, havia vozes. Havia cascos calcando o solo a passos regulares, batidas que se avolumavam até o ponto em que algo dentro de ti alertou para a inexistência de cavalarias naqueles tempos, naquelas guerras; e o que era tropel de cascos se transformou no ressoar de botas, que te acordavam. Você girou o corpo, protegeu os olhos que ardiam contra a luz fraca. A companhia se levantou, entrou em forma; teve início a segunda investida. Nuvens tomaram de assalto o céu durante toda a noite, e em função disso a visibilidade será baixa (como se ainda estivéssemos em sonhos), e o ataque se dará sem o apoio de aviões, sendo necessários cuidados redobrados com as novas e descansadas tropas, que, segundo informaram nossos agentes da inteligência, reforçaram ainda mais as posições inimigas. E talvez por tudo isso o tempo deste que foi o segundo ataque decorreu quase num átimo, tão fugaz e leve, tão rápido, a montanha parecendo se remoer por dentro ao perceber teus corpos fugindo do estampido das Lugers, escapando à fúria forjada em aço de projéteis que caíam, caíam como chuva, e mais uma vez este exército, qual um corpo exausto, refugiando-se no sopé do monte, nos acampamentos estendidos sobre o vale. Desceu a noite. Novamente nas barracas, todos dormiam. E, procurando o cobertor às apalpadelas, a última coisa que tu ouviste foi o rumor de botas das patrulhas, que sem demora se metamorfosearam em cascos, os mesmos, que retornavam, calcando o solo e o sono e os sonhos a compassos regulares.

Como se nada tivesse havido. Mas haverá. Enquanto tu dormias a engrenagem não cessou de existir, e nestas poucas horas de inconsciência temporária outras vozes – dos rádios, dos telégrafos, dos relatórios criptografados, dos memorandos e das cadeias de comando – não se calaram. E se estivesses desperto agora tu saberias que por volta das seis da matina a boa-nova de que se aguardarão dois meses até um novo ataque ao monte fará com que toda a tropa tome fôlego, enfim. Dois meses, o suficiente para que o inverno arrefeça, ou ao menos estes homens dos trópicos se aclimatem ao frio, e para que também os demais soldados espalhados pela península tenham tempo de marchar todos até aqui, concentrando forças, carregando cartuchos, preparando-se rumo à última tentativa. Dois meses que no entanto se consomem tão ligeiros como a batida de um pulso, ou a pólvora num rastilho.

Os batalhões avançam, cercando e escalando o monte. Do cume, ocultas em seus ninhos, as metralhadoras reagem com espasmos e rajadas. A neve derretia, evaporava, e os charcos de lama e gelo que antes detiveram os tanques deram lugar a uma terra nua e desguarnecida. Durante toda a noite a artilharia fizera cálculos. Mirara e ajustara canhões, e alguns de teus companheiros, impossibilitados de dormir, preferiram passar o período em claro, contemplando as trajetórias dos obuses riscando o ar. Decolavam em curvas luminosas, da base de teu acampamento, traçando parábolas perfeitas antes de pousar na montanha e explodir. Agora, quando já é manhã, à medida que o exército pisa pedra e terra e progride rumo ao topo, os pés de tua tropa dão de encontro com as crateras: rastros, cicatrizes, vestígios do bombardeio da noite anterior. O céu se abre, límpido. Cinco aviões das tuas esquadrilhas se alinham numa formação tática, mapeando o terreno abaixo. Do céu, os pilotos veem os batalhões do IV Exército prosseguirem em formações distintas, flanco esquerdo, direito, e pelo meio, enquanto os alemães se refugiam no cume, atirando sem parar. Do céu, aviões contemplam todos eles, os soldados, Aliados e inimigos: estão no monte, abrigados em vértices opostos, rostos colados contra o solo, protegidos e margeados por rochas, aguardando o desfecho. Tão semelhantes: magros, cabelos emoldurando ângulos retos de seus rostos, mãos contraídas sobre gatilhos, costas rígidas, retesadas, prontas para o combate. O canhoneio das peças de artilharia se intensifica. Os balaços descrevem curvas elegantes em sua simetria, passando por cima de tuas divisões para arrancar gritos de dor mais adiante, ao longe, lá acima. Então os aviões mergulham; descem em rasante, disparando frenéticos contra o cume. Depois de três investidas, recolhem as metralhadoras, abrem seus compartimentos e arremessam os tambores, centenas deles.

Muito tempo depois, já de volta, você se dedicaria a estudar o princípio que regia aquelas bombas incendiárias, com as quais teria tantos pesadelos: galões repletos de combustível gelatinoso, em cujo núcleo flutuavam, como pérolas ocultas, duas ou três granadas. Ao bater nas rochas e explodir, a gasolina dos tambores incendiava, revertia ao estado líquido, jorrando como metal fundido para dentro das trincheiras alemãs. Os corpos deles então saltavam fora em chamas, se expondo em desespero, para em instantes serem fatiados pelos teus fuzis. O exército sobe; ganha alturas; prossegue na escalada. O topo já se esboça e se aproxima. Por volta das três da tarde, quando percebem já não ser capazes de manter suas posições, os que ainda resistem lá em cima lançam contra-ataques concentrados, recuando todos para uma casamata. Reaparecem de tempos em tempos, nas alturas, à beira do abismo, encaixam suas espingardas de assalto nos tripés, ajustam com surpreendente calma as alças de mira, olham nos teus olhos e atiram, e atiram, e atiram. Outros surgem pelas costas, entregando-lhes carregadores com munições. São quatro horas. Olhando os atiradores de elite alemães defenderem o pouco que restava do topo devastado pelas bombas, alimentando sem cessar as armas com cartuchos que – eles e nós sabemos – têm data e hora para se extinguir, tua vista se dá conta de poder ver em detalhes como se trajam os que, até há pouco tempo, não passavam de pontos, penumbras, distantes sombras: vê os cintos, as medalhas, os capacetes e os binóculos, os coldres e os porta-mapas, as luvas e os relógios, as jaquetas, os óculos de proteção que no entanto não impedem, agora, que tu e este soldado se examinem cara a cara, frente a frente, um ao outro. Foste um dos primeiros a atingir o topo, a ver todos recuarem, abrigarem-se quase dentro de si mesmos, tentando inutilmente sustentar a mesma cadência de defesa e tiros: impossível, pois as munições já se calam e esvaziam. E agora, velho, quando tudo terminou, e eu trabalho até tarde, lutando contra as frases, recordando que naquele dia, após o enterro de minha mãe e à sombra das árvores que velavam as alamedas, eu lhe perguntei detalhes sobre o desfecho do ataque, lembro-me que tu me olhaste talvez da mesma forma com que mirara um dos últimos que no topo da montanha combatiam, e respondeste, antes de silenciar e nada mais dizer: "Há limites para a coragem". Foi contigo que aprendi isso.

V

Nunca mais o vi. E hoje, quando transformei a escrita numa fuga, ou num esboço de ofício, decidi refazer seus passos pela Itália: de certa forma, seguir suas pegadas. Ele morreu sozinho num hospital. Disseram-me – e penso nisso ao despertar, localizar-me onde estou, tomar café, deixar o hotel e cruzar uma das ruas de Roma nesta manhã –, disseram-me que se quis muito, mas não se pôde, não houve tempo, sentimos, enviar-me os poucos livros, quadros e pertences que ficaram no galpão. Entro por um dos becos próximos à Piazza Navona. É cedo, há poucos turistas neste horário, tenho tempo de circular com calma pelas lojas de antiguidades. Vejo móveis, pratarias, estatuetas de bronze e mármore. Penso nelas, as moedas: nunca me chegaram às mãos. E hoje me conforta imaginar – pois recordar não é lembrar o que, tantas vezes, nunca existiu? –, imaginar que ele, antes de fazer correndo as malas e partir para tratar-se na capital, que ele ainda tentara esboçar palavra sobre o destino do embrulho guardado à chave em sua cômoda. Hoje, quando escrevo, e penso, e recrio, tentando conferir sentido aos eventos daquele tempo, conforta-me pensar nele dizendo: "Isto..." – e aperta o veludo entre os dedos trêmulos – "... isto será dele". Mas nunca saberei ao certo. O que sei é que, nesta loja romana onde agora entro, um vendedor ladino percebe meu interesse por quatro discos de prata e cobre, autênticas liras italianas de 1944, em excelente estado de conservação. "Veja as figuras, senhor: varas agrupadas em feixes, efígies em perfil, estandartes, machados, águias em relevo; o preço é uma verdadeira ninharia." As moedas: elas brilham, ressurgem, reluzem, contemplam meu olhar pousado no interior desta vitrine. Após fechar negócio, caminho até uma das colinas. Pois esta é uma cidade de colinas, e montanhas, montes. Escalo as escadarias que margeiam um dos montes e, ao atingir seu cume, no centro de um parque, encontro uma praça e o coreto. Subo. Do alto, sozinho nesta manhã chuvosa, vejo o nevoeiro em suspensão ganhar os ares, encobrir toda a cidade, seguir-me como se aguardando um derradeiro encontro. Réstias de sol atingem a neblina, que retrocede, enovela-se em si mesma, dando a impressão de bater em retirada para depois de súbito contra-atacar a praça. Uma escuridão cinza toma de assalto novamente o mundo; e, quase sem que pudesse perceber, levo a mão ao bolso e aperto com toda a força as moedas. E até hoje, quando tenho a impressão de ser colhido pelas vagas, pelos avanços e recuos de minhas próprias guerras, ou nos momentos em que me sinto à deriva pelo limbo, às margens de um rio, aguardando a chegada de Caronte e sua barca, eu as aperto, a elas, as moedas, e é como se tivesse entre minhas mãos as dele, enxugando meu rosto, velando meu sono ao pé da cama, sustentando-me, firmes como uma âncora.

O sudário

Se eu fosse você, largaria esta arma, poria no chão este revólver, lançaria por terra a bala de aço destinada a destruir teu crânio. Se eu fosse você, correria, cruzaria o chão do quarto em direção à janela, e, após escancarar cada uma de suas folhas e erguer a vidraça e ouvir o rangido das dobradiças que abotoam a madeira, então eu, se fosse você, botaria para fora meu pescoço neste breu anoitecido e sereno. Levantaria os braços, saudaria o mundo com a mais refinada das mesuras e respiraria uma a uma as múltiplas vozes que cavalgam o vento. Se eu fosse você, acenderia, tragaria este ar tão pleno de poeira, do peso e do cheiro das partículas, ar a recender polifonias, ar a exalar dissonâncias, ar a cheirar cacofonias, notas e acordes, ar a espargir em torno de si o perfume secreto das escalas, dos arpejos e dos timbres. Mira, olha a noite lá fora. O cachorro esfomeado revira a lata, a secretária fica até mais tarde para digitar o memorando, a lavadeira despeja a trouxa de roupa suja na pedra do riacho, sem se dar conta de que, alguns metros acima, atrás das moitas, o unicórnio sorve a mesma água. Se eu fosse você, eu sorveria cada um dos múltiplos delitos, desejos, desesperos, desalentos, demandas e devaneios que habitam o vento: o do diabético que empurra o pudim de Leite Moça goela abaixo, pouco importa se daqui a três meses a guilhotina cairá e amputará seus dedos; o do demônio aprisionado na ampola de vidro, implorando meu Deus do céu, me deixe sair e para sempre serei teu servo; o do balconista que encerra o expediente a navegar náufrago no vácuo de uma gaveta vazia, da qual roubaram todo o dinheiro; o de um véu levantado; o de uma planície despojada; o do coração que pulsa, pulsa no interior da pedra, esperando pela mão, pelo martelo e pelo cinzel que o libertem. E então, aspirando essa brisa, retendo em meu peito tal melodia, então eu, se fosse você, eu esconderia em minha caixa torácica, entre meus ossos, em cada um dos mais recônditos alvéolos aprisionados na jaula de minhas costelas, eu guardaria em mim este ar. E ao fim de dois ou talvez três minutos, talvez ao fim do último daqueles múltiplos segundos durante os quais pude conter ao máximo a minha ânsia por respirar, e em minha carne abriguei músicos e instrumentos ancestrais, então eu expeliria este fluido como um vulcão que para fora de si expulsa a lava, ou como uma mulher que, do fundo do abismo de seu útero, arranca incontidas tempestades menstruais. E então botaria para fora todos os murmúrios, os gritos, os uivos, os lamentos, os berros lancinantes e os arrependimentos daqueles que a você precederam e que, empunhando um revólver, uma bala, uma arma reluzente e fria, não puderam contar com as vozes trazidas pelo vento e se renderam. Olha, mira a noite lá fora. Se eu fosse você, largaria esta arma. Poria no chão este revólver. Lançaria por terra a fria bala de aço destinada a explodir teu crânio. E ouviria, qual uma plateia, o primeiro, o segundo e o terceiro movimento da eterna sinfonia. Da eterna sinfonia que, como um sudário, enlaça e abraça o vento.

Alma em corpo atravessada

"Quis possuir a alma,
possuí-la um instante,
numa respiração
que a conjugasse
em suas potências
e fosse alma
em corpo atravessada.
Quis possuir a alma,
mas de súbito
é uma conspiração
de antigos súditos
que a obriga sucumbir."

Carlos Nejar, "O chapéu das estações"

Como aquilo dito por uma voz ao pé da cama, ou escutado por entre frestas do confessionário, como uma onda ou música de um coro, as palavras, aquela névoa de palavras flutuava, deslizava pelos móveis, pousando sobre nós. E se eu fosse, hoje, tecer o fio do relato do período que passamos juntos, de todo aquele tempo em que a ouvimos quietos, contemplativos sobre os bancos, talvez fosse conveniente começar pelo início: o primeiro fim de tarde em que se acenderam as achas do fogão a lenha. Estávamos na cozinha. Isolado como um claustro, aquele cômodo abrigava a mulher e as crianças. Ela acendeu o fogo, alimentou-o com trapos e papéis velhos, esforçando-se para que a fumaça não ferisse nosso olhar. Sombras se retraíam à medida que a primeira luz se erguia, iluminava nosso rosto, o corpo da mulher, as prateleiras e as panelas, os invólucros de cerâmica que suas próprias mãos moldaram. E, suspendendo ao ar aquelas mãos, ilustrando sua voz com gestos para nós desconhecidos, ela tecia uma rede de palavras e era como se o fizesse pela primeira vez. E de fato o fazia. Pois como poderíamos reconhecê-la se não era essa a forma com que, nas tardes de dezembro em que caía a chuva, ela ordenava: "Interrompam o jogo, voltem, tomem banho e se enxuguem"? (Voltávamos furiosos para casa.) Como esta que nos fala assim agora poderia ser a mesma que de forma cordata e doce comunicava está pronto o café, o almoço, o jantar? Ela falava de outro jeito. Era outra a que falava.

Eram histórias. Com o tempo nos demos conta. Durante anos tudo se passou assim: ela vinha pelo quintal, quase tão lenta como o vagar em que findava o próprio dia. Desviava as sandálias das poças e dos filetes d'água. Entrava pelos fundos, deixando-se cair num banco, e, respirando com alívio, nos olhava a todos, calados, comprimidos à sua espera. Acendia o fogão a lenha e, desenhando no ar com as mãos, contava o que viveu e viu. Falava de como homens e mulheres com olhar perdido invadiam todo fim de outono a cidade em que nascera, tomando suas ruas, praças: uma moeda, piedade para o cego, uma moeda, conforto para o desvalido, uma moeda para o fogo, uma moeda para o pão, uma moeda, apenas uma moeda para o socorro de meu filho; ou de como, nos tempos de sua infância, seu avô, para colocar um cabresto nas crianças, lhes dissera haver um monstro mitológico aprisionado no sótão: uma horrenda harpia, devoradora de sujos e de malcriados; ou de como, durante vários anos, quando moravam todos próximos à Rua da Várzea, criou-se na vizinhança a lenda de um homem louco num sobrado, vagando em lembranças de seus fantasmas (nunca mais se passou em frente àquela casa); ou então, contando sobre como era perene a tristeza do homem cuja filha se casara com o filho dela, atribuía-lhe a melancolia ao período passado combatendo na Itália. "Matou e se envergonha, por isso não confessa." Tomava fôlego, descansava o corpo. Apoiava uma das mãos sobre os azulejos portugueses que enfeitavam sua cozinha. E, já que falara em mortes, prosseguia, sem quaisquer escrúpulos em nos poupar, relembrando o que presenciara antes de cruzar o Atlântico. "Mataram o poeta como quem mata um poema", dizia. "Aprisionado na gaveta, soterrado entre papéis e poeira. Mataram-no não com uma lança ou lâmina, forca ou fuzil. Mataram-no pelo tempo, pelo tempo simplesmente. Lentamente." Sempre as mesmas aos meus olhos, embora as soubesse diferentes, suas duas mãos filtravam a luz do fogo, projetavam sombras: figuras indefinidas que lembravam homens com espadas, ou sobretudo aves: de rapina, canoras, aquáticas, migratórias, de todas as formas, planando em revoada sobre nós.

Eram mãos nodosas as que ilustravam sua voz. Antes das narrativas de cada noite, passavam o dia manejando instrumentos: o pilão, a máquina de moer cana, a moringa d'água e a caneca amassada de alumínio, os panos de prato bordados, as velas aos pés dos santos da cozinha. Depois, ao fim de cada ciclo de relatos, ordenavam que deixássemos o recinto e se dedicavam a trabalhar por horas a cerâmica, até o momento de dormir. Da janela, escondidos, nós as víamos, os polegares sobre esferas de argila, torneando, molhando, moldando a massa em circunvoluções, criando vazados, dando polimentos e secando, abrindo sulcos e incisões, a roda de oleiro impulsionada pelos pés, suas órbitas cíclicas, sucessivas. E de madrugada, ao se recolher, colocavam as duas ou três peças a que deram forma no interior do fogão a lenha, deixando-as secar até que assumissem contornos definitivos.

Eram mãos industriosas. Às vezes, no entanto, tínhamos a impressão de que mentiam. Na malha intrincada dos relatos de cada noite, reconhecíamos aqui e ali trechos de histórias contadas por nossos pais em casa ou nas ruas; linhas e padrões que ela incorporava como uma fiandeira hábil, para depois vivê-las.

E corria o tempo, suavizavam-se arestas das pedras no leito dos rios. Sentados nas tábuas dos bancos, nossos corpos cresciam e se tornavam adultos. Partiram, alguns de nós. Permaneceram, outros como eu. Novos rostos se juntaram, e, ao fim de tudo, a audiência seguia regular. E ela: uma voz emerge dela, diz: "Silenciem". Dentro de instantes a sessão começaria. E, quando seu rosto anunciava a abertura do primeiro ato, e o par de braços se alteava, e seus olhos se fixavam num ponto distante, invisível, o frescor de sua pele, o volume de seus cabelos, as curvas e a rigidez de seus quadris não mais pareceriam o que já eram então, tesouros perdidos de outra época, mas sim oferendas vivas – incenso, ouro, mirra – renascidas, entregues a nós por suas mãos. E nos deixávamos levar pela voragem.

No entanto, uma noite, o curso até então fluido de suas narrativas pareceu vacilar e se interromper. Em geral se contavam duas, três histórias em sequência; sólidas, polidas, como se apanhadas prontas de um ramo ou haste. Eram sua colheita, críamos piamente. Mas houve um dia em que outra e distinta voz pareceu entremear-se em seus discursos. Embora de sua boca também nascesse, possuía feição confusa, emitia sons roucos, desaparecia por instantes, deixava a mulher narrar em paz os contos preparados para aquela ocasião, permitindo-lhe tomar as rédeas da entonação que conhecíamos; e contudo depois voltava, dominava-a sem que ela mesma percebesse. E foi a partir daí que outro léxico, que uma língua desconhecida se revelou. Nunca a ouvíramos. Nem nós nem ela, esta anciã grisalha e perplexa sem ação diante de nós. Suas mãos se retorciam, escalavam, apalpando o pescoço, e caíam sobre a linha das sobrancelhas. Ela senta sobre um banco. Interrompe o relato. Totalmente alheia a nós, que pelos ombros a amparávamos, a sua presença se tornava mais e mais distante. Não houve quem a convencesse a deitar na cama. Permaneceu lá na cozinha à beira do fogão a lenha, contemplando o fogo, e de manhã ergueu-se enfim.

Dos dias seguintes, posso dizer que os passou tranquila. Continuou a nos chamar aos fins de tarde, retomou sua rotina de histórias. Mas talvez essa aparente serenidade derivasse apenas de minha inocência (da malícia que não crescera na mesma proporção que o corpo); e se soubesse ler seus gestos eu certamente encontraria indícios da ebulição em seu interior. Compreenderia suas longas caminhadas solitárias, durante as quais, pela primeira vez em anos, dispensou nossa companhia; entenderia a forma perdida com que retinha a argila que moldava, sustendo-a indefinidamente na concha das mãos; desvendaria atitudes estranhas, como seus novos hábitos: contemplar o voo dos pássaros, as cartas dos baralhos, as vísceras dos carneiros mortos por ela mesma no quintal.

Peço a vocês que deixem de lado, ao menos durante este curto espaço de tempo em que conversamos, qualquer traço de ceticismo. Proponho, em lugar disso, que se lembrem dessas vozes inesperadas que de quando em quando nos chamam pelo nome. Nunca lhes ocorreu tal fato? Pois a mim, sim. Ainda hoje, naquele momento de transição que antecede a hora costumeira em que nos levantamos, tive uma impressão tão nítida de ser chamado que, após acordar, me levantar e ir ao banheiro, não pude conter a ânsia de destrancar a porta e acender a luz, caminhar investigando palmo a palmo a casa. Uma voz sussurra ao meu ouvido. Eu me viro; não vejo nada. E talvez a ansiedade em minha face no momento em que percorro os aposentos, talvez esse fascínio suspenso em meu rosto seja o mais fiel retrato para descrever a expressão da mulher durante outra de suas sessões de contos; quando, uma vez mais, ela ouviu a voz e por ela se deixou levar. Estávamos como de costume todos juntos, embrulhados em cobertores à sua frente, quase ao fim de um longo monólogo por ela representado desde as seis da tarde. Tudo se encerrava: as brasas do fogão já haviam quase todas se dissolvido em cinzas, o cansaço e a vontade de dormir rondavam. Porém, na cena que a tudo poria termo, percebemos algo errado: outra fala parecia insinuar-se na fala dela, impedindo-a de concluir a história em que tanto se empenhara, conduzindo-a por outras trilhas, desvios, rumos, fazendo com que aquela dicção tão forte e clara que admirávamos se tornasse quase nula; e, logo depois, que crescesse em volume e amplitude, a ponto de se assemelhar a gritos; ela falava de outro jeito; era outra a que falava; ela falava, declamava como um leito desviado de seu curso e cuja água se encorpa e revolve e rebela e torna turva, falava alheia a nós, às paredes, às panelas, às prateleiras e à luz, aos fachos desviados por suas mãos que folheavam o ar à semelhança de quem manuseia um livro, mãos que pareciam tentar tocar a superfície de uma língua estranha que mais uma vez se ouvia; eram claros seus esforços, era nítido seu empenho; e a tal ponto com eles nos comovíamos que junto e aos pés dela nos embrenhamos confins da noite adentro, testemunhando sua insistência, suas negativas em calar-se, até que o cansaço pareceu falar mais alto, e ela despertou como de uma queda brusca e tomou um lápis, escreveu duas ou três linhas, preparou um bule de café, sorvendo-o em longos goles. Exaustos, dormimos sobre a mesa, sem poder vê-la olhar-sorrir para nós.

Era outra história. Com o tempo nos demos conta. Estava entesourada nos limites daquela linguagem nova. Com esmero, como quem garimpa, a mulher buscava livrá-la de areia e impurezas. Tinha seus caprichos, a narrativa. Aparecia sem aviso. Desaparecia. Calava. Tomava as rédeas de sua voz. Era uma história aos poucos revelada para nós, depois de cada uma das encenações de fim de tarde que tumultuava e interrompia. Nas madrugadas, cercada por dicionários, livros, após se encerrarem as sessões, ela se esforçava por traduzir aquele fluxo de palavras, muitas vezes não obtendo nada ou poucas linhas. Sim, mencionei livros. Pois lia muito. Contou-me que, aos oito anos, sob a mira brilhante dos olhos da professora, recitava corajosamente longas estrofes. Depois foi retirada da escola, tudo acabou. Permaneceu porém daquele tempo o hábito das idas à biblioteca, de onde retornava com braços repletos de volumes, pouco importando a hostilidade dos que nunca a compreendiam. Era nesses textos que agora buscava apoio, sentada à mesa, sob a luz crepuscular e o silêncio de noites após noites; era nessas encadernações gastas, puídas, que pinçava referências para a compreensão daquele novo conto: para a forma difusa que lembrava os vasos que moldava quase em série naquela época e depois deitava fora.

Adquiriu estranhos hábitos. Jejuava, deixava de banhar-se; noutras vezes, comia com voracidade, esgotava a serpentina do fogão ao aquecer a água para se limpar. Abandonou pela primeira vez em anos as sessões de histórias; e passados alguns dias nos caçava, dizendo ter algo importante a contar. Nessas horas, seus olhos e suas mãos brilhavam como prestes a cruzar um pórtico; para depois, rendendo-se à força das circunstâncias, apagarem, constatando que a passagem se fechava. Às vezes, reconciliada com aquela narrativa, enchia páginas e páginas com suas traduções, lendo-as em voz alta. Noutras ocasiões caminhava em círculos ao redor da mesa, como buscando fontes, afluentes, mas deparando-se apenas com uma planície seca. Moldava vasos. Quebrava-os. Entrou um dia no viveiro, capturou o mais forte dos galos que seu filho pretendia lançar na arena, e era sob olhares em fúria do menino que carregava a ave para todo lado, não tardando a se tornarem os dois unha, carne. Numa tarde, à sombra das mangueiras, alisando as penas multicores daquele pássaro em seu colo, falou-me numa voz estranha sobre os palimpsestos, pergaminhos medievais cuja tinta era raspada pelos monges. Após limparem de letras e quaisquer sinais aquelas folhas tão escassas em sua época, eles as reaproveitavam, traçando em sua superfície outras palavras, removidas por sua vez pelos religiosos das gerações seguintes; à medida que se sobrepunham séculos, acumulavam-se também naquelas páginas uma sucessão tal de ficções que muitas vezes textos de distintas eras se emaranhavam, tintas antigas ressurgiam, transformando o que se lia num fraseado sem nexo ou sentido. Cabia então a poucos, pescando palavras soltas no labirinto, encaixá-las novamente, revelando o que outro homem, naquela mesma biblioteca, julgara por bem extirpar e extinguir.

E ela persistia, quase alheia à decadência e à desintegração que capturam todos, e também a ela, como não poderia deixar de ser. Seu dorso se curvava; pernas e mãos enfraqueciam. Seus cabelos-plumas-cinzas-prateadas adquiriam tons cada vez mais brancos, e nós a abandonávamos, até mesmo eu faria isso nos meses que se seguiram. Os galos de briga trocavam golpes e se engalfinhavam no terreiro, seu filho adotivo a rondava tentando ainda em vão capturar a ave que ela retinha entre os braços, enquanto à noite, diante dos poucos que ainda restavam, insistia em explorar camadas e mais camadas de seu pergaminho, tentando encontrar uma pista, tornar visível o invisível. Parecia julgar-se a herdeira legítima dos que um dia representaram nos teatros de Atenas, Siracusa, Creta, dos narradores que contavam suas histórias em tendas no deserto, das matriarcas e chefes das tribos berberes. Apesar disso, deixara de lado seus primeiros artifícios (cartas dos baralhos, vísceras), deles não fazia mais qualquer uso. Ela sabia: se houvesse de fato uma fonte oculta das palavras, ela deveria nascer do sangue, da argila, dos choques e confrontos que aqui se dão. Derivaria não de línguas esotéricas, imaginárias, mas sim de troncos firmemente assentados nesta terra e de seus galhos. Não nasceria das alturas. Floresceria entre nós, aqui.

Fui o último a partir.

Restaram na casa somente ela e seu filho. Enquanto esteve lúcida, soube que seguiu no encalço da narrativa, mobilizando armas que pensava manejar tão bem. E então, um dia, calou. Silenciou. Trancou palavras a exemplo de um poema composto para o mundo, mas que, após mudar de ideia, decidimos guardar para sempre dentro de nós.

E se fosse, hoje, tecer o fio do relato do período que passamos juntos, de todo aquele tempo em que a ouvimos quietos, contemplativos, sobre os bancos, talvez fosse conveniente pôr termo a tudo contando isto: olho ao meu redor; eu sozinho, de pé numa cozinha abandonada. E no fundo deste cômodo, enfileirados à beira da parede, nove vasos de cerâmica atraem minha atenção. Me aproximo:

tateio o ar com o olfato, farejo com a pele os tijolos, a madeira gasta. Retorno depois de anos, quando quase já em mim se apagavam este vale, os mares de morros recobertos por árvores. Percorro com os dedos a superfície da argila; e ao fazê-lo é como se reconhecesse os traços de um calor primordial ganhando corpo, e que também me aquece quando sinto a mesa, e queima minha pele se ela toca prateleiras que abrigaram panelas da mulher, e arde ao apalpar o chão, sentar nos bancos, recostar-me nas colunas e paredes. Por todos os lados esta presença indefinida, este sopro e lembrança espessa de outros tempos, que de repente se torna audível, e reverbera e amplifica, e converge rumo às notas nascidas da cerâmica moldada por obra e arte das mãos dela; destes vasos de onde brota agora um som que se modula em palavras, preenchendo este espaço, fazendo com que uma vez mais eu as ouça, as histórias, narradas não pela boca, pelo corpo, pelas mãos e pelo rosto dela, mas sim por sua herança e por seus artefatos, tudo o que compunha sua casa: cântaros para o interior dos quais fluiu, durante anos, sem que percebêssemos, a memória do que se disse e encenou entre as paredes; pois objetos narram; pois neles também reside a faculdade de lembrar. Abro o armário; encontro a roda de oleiro abandonada. Posiciono-a entre as pernas, deposito em seu prato superior a argila. À medida que modelo esta massa, que ela colore os meus dedos com tons marrom-avermelhados, os sons à minha volta se calam, e a infinidade de histórias que preenche a cozinha dá lugar a uma fala única: a narrativa vedada, inconclusa; o verbo que à mulher faltou, o fluxo que tanto perseguiu. Amanhã, quando findar esta sessão, quando vocês que compõem minha audiência forem embora, fecharem a porta e estas páginas, escreverei; tomarei nota; darei sequência à luta herdada; apoiado por volumes, livros; absorto como os que exploram pergaminhos; como uma ave que levanta, bate as asas e alça o peito, canta e renasce; como uma pele dura e descarnada, esfolada como um veio que se escava e do qual se extrai a seiva que nos nutre.

Agradecimentos

Escrever é um ato solitário, mas que também envolve cooperação de aliados: mulheres e homens que compartilham nosso gosto pela arte de contar histórias, e que, com sua generosidade, colaboram para que ideias tomem forma em palavras. Ao longo do processo de escrita, pude contar com a ajuda de muitas pessoas. De Lucia Facco, escritora, parecerista e leitora crítica, que acompanhou, durante três anos, o nascimento gradativo de O *que não existe mais* e o apresentou à Tordesilhas. De Valéria Martins, minha agente literária, cujas ideias e entusiasmo para a divulgação deste livro têm sido – e serão – muito importantes para sua caminhada. De João Daniel Lima de Almeida, historiador e professor, por sua revisão de fatos e eventos descritos em "Monte Castelo". Da equipe da Tordesilhas, por acreditar no projeto. E, como não poderia deixar de ser, de Nione Cristina Claudino, minha mulher, companheira de aventuras e primeira leitora de cada um destes contos.

Meu obrigado também a amigos que, direta ou indiretamente, contribuíram para que este livro existisse: André Bojikian Calixtre, Caio Camargo, Eduardo Brigidi de Mello, Fernando Henrique Lemos Rodrigues, Francisco Marto de Moura, Jean Peres, Marcos Vinícius Araújo Vieira, Matthias Ammann, Miguel Paiva Lacerda, Pedro Augusto Franco Veloso, Renato Cabral Rezende, Ricardo Kato de Campos Mendes e Sidharta Mendes Monteiro.

Este livro, composto com tipografia Electra e
diagramado pela Alaúde Editorial Limitada,
foi impresso em papel Norbrite sessenta e sete
gramas pela Bartira Gráfica no vigésimo sexto ano
da publicação de *Relato de um certo Oriente*,
de Milton Hatoum. São Paulo, fevereiro
de dois mil e quinze.